पहाड़ में प्रार्थना

(कविता-संग्रह)

पहाड़ में प्रार्थना
(कविता-संग्रह)

प्रशांत रमण रवि

प्रलेक प्रकाशन

प्रलेक प्रकाशन

PRALEK PRAKASHAN

(an Imprint of "PRALEK PUBLISHING HOUSE PVT. LTD.")

मुख्य कार्यालय : 702, जे-50, ग्लोबल सिटी, विरार (वेस्ट), मुम्बई, महाराष्ट्र-401303

दिल्ली एनसीआर कार्यालय : 03/सी, ज्ञानखण्ड-4 इंदिरापुरम गाजियाबाद, उ.प्र.-201014

बनारस कार्यालय : 02, उर्मिला प्रेम सदन, नासिरपुर, वाराणसी, उ.प्र.-221005

Email : pralek.prakashan@gmail.com

Website : www.pralekprakashan.com

दूरभाष : +91 7021263557

पहाड़ में प्रार्थना (कविता-संग्रह)

-प्रशांत रमण रवि

Pahad Mein Prathna (Poetry Collection)
by Prashant Raman Ravi

ISBN : 978-93-58698-20-6

प्रथम पेपरबेक संस्करण : 2025

आवरण एवं पुस्तक सज्जा : प्रलेक स्टूडियो

(प्रलेक प्रकाशन का लोगो मिक्की पटेल की तुलिका से)

समर्पण

माँ और पापा को,
जिनकी मौन प्रार्थनाएँ मेरे शब्दों में धड़कती हैं।
जिनकी थकी हथेलियों ने मेरे सपनों को आकार दिया,
और जिनकी आँखों के उजाले में मैंने अपनी राह देखी।

माँ! जिनकी गोद में भाषा पहली बार मुस्कुराई,
पिता! जिनके विश्वास ने मुझे शब्दों की उड़ान दी।

यह पुस्तक उनका ऋण नहीं चुका सकती
बस स्वीकार करती है कि मैं आज भी उनका उधार हूँ।

निवेदन

मैं कवि नहीं हूँ। कविता का विवेक भी मुझमें नहीं है। मैंने जो कुछ भी लिखा है,वह मैंने अपने आसपास की दुनिया, अपने भीतर की तमाम अनुभूतियों, तमाम दृश्यों और कल्पनाओं को आड़ी–तिरछी रेखाओं से बने शब्दों में बयां करने की कोशिश की है। मेरा यह लेखन आत्मसुख के लिए अवश्य है, पर मेरे भीतर यह चाह भी है कि मुझे पढ़ते हुए मेरे पाठक यह भी महसूस कर सकें कि मेरे लेखन की कोई बात, कोई एहसास, कोई कल्पना, कोई चिंता उनकी अपनी बात, अपना एहसास और अपनी चिंता लगती हो।

मेरे लेखन का साधारणीकरण यदि पाठक में हो सके तो यही मेरे लिखे की सार्थकता होगी।

सच तो यह है कि मैं अपनी कविताओं के माध्यम से अपने पाठकों के दिलों तक दस्तक देने की कोशिश कर रहा हूँ। अपनी बात पहुंचाने का मेरा यह एक रचनात्मक प्रयास कह लीजिए।

मैंने कविताएं लिखने के लिए कभी कोई प्रयास या जबरन कोशिश नहीं की। मेरे भीतर कोई एहसास, कोई बात, कोई दृश्य, किसी की मुस्कान, किसी की याद, कोई बेचैनी, कभी कोई दु:ख या तमाम तरह की कल्पनाएं बरबस फूटती रहीं और मैं इन्हें कविता के रूप में दर्ज करता रहा।

बचपन से लेकर अध्यापकीय जीवन में प्रवेश के लगभग नौ वर्षों के बीच की मेरी जो जीवन नदी है, मेरी कविताएं उसी नदी से फूटने वाली सरिताएं हैं।

मेरी कविताओं के केंद्र में प्रेम है, करुणा है, मनुष्यता है, कुछ चिंताएं हैं और खुद को एक सुंदर मनुष्य के रूप में रचते रहने की गहरी चाह है।

मैंने हमेशा जीवन में प्रेम के चुनाव को प्राथमिकता दी। प्रेम में होना मुझे ईश्वरीय अनुभूति लगती है। प्रेम के क्षणों में मैं अपने भीतर विराटता का अनुभव करता हूँ और समूचे संसार को प्रेम की निगाहों से देखने लगता हूं। प्रेम में होने की ताकत से मुझे इतनी शक्ति मिली कि 'माफ करो और आगे बढ़ो' की भावना ने मेरे भीतर जगह बनाई।

'मैंने प्रेम चुना' और अस्तित्व ने मेरे इस चुनाव को कई गुना ब्याज के साथ वापिस लौटाया। धीरे–धीरे मैं जीवन के प्रवाह में एक बात सीखता आ रहा हूँ कि हिंसा

और नफरत की दुनिया प्रेम की दुनिया के आगे हमेशा बौनी पड़ जाती है। मैं कभी कभी पाता हूँ कि मेरे भीतर का प्रेम अब प्रार्थना का स्वर ले रहा है। मैं बहुत विनीत भाव से जीवन और शब्दों के आगे नतमस्तक होने लगता हूँ। 'पहाड़ में प्रार्थना' पहाड़ के मेरे जीवन, प्रेम और मेरी अनुभूतियों के प्रति मेरी कृतज्ञता का प्रसाद है।

इस संग्रह को लाने के पीछे एक बड़ा कारण यह है कि मैं हमेशा यह खुद को याद दिलाता रहूं कि मैंने प्रेम चुना, प्रेम जिया और हमेशा प्रेम बांटने की कोशिश की,अपने जीवन में भी और कविताओं में भी। ओशो कहते हैं– "जहाँ से चले ही जाना है, वहाँ दो घड़ी का प्रेम ही कर लो।"

मैं इसी दो घड़ी के प्रेम को जीने और इसकी सुंदरता को अपनी कविताओं में कहने की कोशिश कर रहा हूँ।

मेरी यह बात किस हद तक आप तक पहुंच पाई है, यह तो पढ़ने के बाद आप स्वयं निर्णय करेंगे।

मैं लिख-लिखकर सीखता चल रहा हूँ और सीख-सीखकर लिखते रहना चाहता हूँ। मेरे लेखन का सामाजिक, राजनैतिक उद्देश्य भी है पर यह लिखना मेरा नितांत आत्मसुख है। मेरी इस यात्रा में आप सभी सम्मिलित हैं। मैंने जो देखा है, महसूस किया है,जो जिया है उन सबको साथ लेकर अपने भीतर एक बेहतर मनुष्य रचने की प्रकिया में मैंने ये कविताएं लिखी हैं। इसलिए इनमें जो कुछ भी आपको श्रेयस्कर लगे, वह आप सभी का है। इस कृति में जो कुछ भी कमजोरियां हैं, खामियां हैं, वह मेरी समझी जाएं। कविता कभी भी सिर्फ कवि की नहीं होती, वो कवि से ज्यादा उसकी हो जाती है जो उसे अपना मान लेता है। मेरी यह किताब हर उस इंसान को मिले और उसकी हो जाए जिसने प्रेम चुना और इस दुनिया को सुंदर बनाना चाहा!

–डॉ प्रशांत रमण रवि
सहायक प्रोफेसर, हिंदी
गवर्नमेंट कॉलेज, चम्बा

प्रशांत की कविताओं को पढ़ते हुए-शिवनारायण

हिंदी कविता के वर्तमान का स्वर जो हो परन्तु हिन्दी की वर्तमान पीढ़ी जेन–जी की कविताओं में प्रेम, प्रकृति और सौदर्य के प्रति आकर्षण का भाव बिल्कुल नया पाठ रच रहा है। इस नए पाठ में प्रेम को अनभूतियों का ताजा झोंका सुखद अहसास तो कराता की है, प्रकृति के मानकीकरण से मनुष्यता का नवीकरण करते हुए सौंदर्य के प्रति एकदम नए दृष्टिकोण को भी सामने रखता है।

हाशिए के समाज के प्रति इनमें गहरी संवेदना इस हद तक दिखाई पड़ती है कि वे हर हाल में सामाजिक न्याय के साथ व उसकी पीड़ा के साथ हो लेते हैं और ऐसा करते हुए वे एक नया प्रतिरोध रचते हैं। युवा कवि प्रशांत रमण रवि की कविताओं को पढ़ते हुए कुछ ऐसे ही भाव मेरे मन में आते हैं।

प्रशांत को मैं बरसों से जानता हूँ। एक अत्यंत प्रतिभासंपन्न लेखक के रूप में उस पर मोहित होता रहा हूँ। वे ललित गद्य में जब अपनी भावनाओं को परोसते हैं, तो उनसे जो विचार छनकर आते हैं, उनमें विश्व मानव की आकृति रूपायित होती है।

एक ऐसी संवेदनक्षम आकृति, जिसकी आदर्श कल्पना हर कोई करता है। अपने मनोजगत में इस विश्व मानव को जब वे प्रेम, प्रकृति और सौंदर्य से संपृक्त करते हुए अपने गद्य में जो प्रभाव उत्पन्न करते हैं, उसमें उसकी पीढ़ी का हर युवा लहालोह हो उठता है। जब कभी उनके ललित गद्य को पढ़ा, मुझे उनमें उसके कवि मन का नर्तन दृष्टिगोचर हुआ। यही कारण है कि बीते दिनों जब उनकी कविताओं की पांडुलिपि मुझे देखने को मिली, तो मुझे बहुत अचरज नहीं हुआ। मुझे जैसे उम्मीद थी कि उसके भीतर का कवि एक न एक दिन बाहर आएगा ही। अब वह मेरे सामने हैं, जिसे पढ़ते-परखते हुए ताजा कविता के नए आस्वाद का आनन्द प्राप्त करता हूँ।

प्रशांत की कविताएँ एक ऐसी दुनिया की सैर कराती हैं, जहाँ पहाड़ों पर प्रेम का पर्व राग-विराग में श्रृंगार रचता है। भाव प्रवण अनुभूतियों के गुलमोहर जब दग्ध हृदय पर झरते हैं तो ऊसर पतझर में भी वसंत के फूलों से महमह हृदय गा उठता है—

'हर पत्र जैसे एक बंद दरवाजा था
जिसे खोलते ही लौट आया था

गुजरा हुआ वक्त
जब प्रेम ने पहली बार
मुझे पूरा किया था।"

प्रशांत की कविताओं में प्रेम अविराम संघर्ष की थकान का ऊर्जा–पर्व है, जहाँ स्मृतियों के सहारे रिश्तों के बियाबान में कवि बार-बार उतरता है–

"वह अब भी खड़ा है वहीं
जहाँ कभी प्रेम रखा गया था,
बिछुड़ने की पीड़ा भेजी गई थी
और माँ की चिंता
बेटे की हथेली तक पहुँचती थी।"

आज की जेन–जी पीढ़ी गांधी जी के मूल्यों में आस्था रखती है। गणतंत्र की बातें करती है, धर्मनिरपेक्ष जीवन मूल्यों को जीती है, हर तरह के भ्रष्टाचार के निषेध में खड़ी रहती है। विद्रूपताओं पर व्यंग्यात्मक प्रहार करती है और इन सब के बावजूद प्रेम, प्रकृति एवं पर्वत-पहाड़ के सौंदर्य में स्वयं को आत्मसात कर उसके नैसर्गिक आनन्द को जीती है।

अचरज होता है कि वह इतनी सारी विरूपताओं से तालमेल बिठाते हुए भी सकारात्मक सोच के साथ अपने जीवन में इतना सहज कैसे रह पाती है। प्रशांत की कविताओं से गुजरते हुए इन सबका जवाब मिल जाता है। जब वह कहता है, कि –

'वह सच में एक आदर्श नागरिक था
जो चुप रहकर
संवेदना की हत्या करता रहा
और खुद को सज्जन मानता रहा।'

तो उसके गूढ़ार्थ की व्यंजनात्मक त्वरा से बेचैनी होती है, किन्तु तत्क्षण ही वह बेचैनी इन पंक्तियों में शांत हो जाती है–

'उधार दिया था
सिर्फ पैसे नहीं
एक मूक विश्वास.....
थोड़ा वक्त, थोड़ा अपनापन
और ढेर सारी चुम्पियाँ !'

इन पंक्तियों के मिजाज में देश-समाज की समकालीनता से संगति बिठाने की अनुभूत जद्दोजहद के साथ-साथ रचनात्मक प्रतिरोध भी है। कवि का प्रतिरोध मनुष्यता के छीजते स्वरों को लेकर भी है। तभी तो वह कहता है—

"हम टी.वी पर ,बहसें सुनते हैं
देश बड़ा हो रहा है, जी.डी.पी. बढ़ रही है
पर कोई नहीं बताता कि
आदमी हर दिन
थोड़ा और छोटा क्यों होता जा रहा?"

नई पीढ़ी की चेतना को यदि ऐसे सवाल परेशान करते हैं, तो जाहिर है कि मनुष्य के आदिम राग पर हो रहे प्रहार को लेकर वह परेशानी महसूस करती रही होगी।

प्रशांत शाश्वत चेतना के विस्तार का कवि है। उसकी कविताओं में नाना प्रकार की विद्रूपताओं पर तल्खियों का स्वर व्यंजित होता दिखता है, तो जब वह प्रेम में होता है तो मन की तरलता झरने सा बहता हुआ भी मोहित कर लेता है। कवि का एकांत मन जब उद्घोषित करता है-

"तुम्हारे प्रेम में होना
जैसे कविता में सांस लेना
या धरा की धडकनों का
मेरे ह्दय में एक हो जाना"

तो जैसे वह कवि धूमिल की भावनाओं से होड़ ले रहा होता है। जब धूमिल कहते हैं– 'ना भाई ना, कविता भाषा में आदमी होने की तमीज है।'

आखिर भाषा ही वह संस्कार देता है, जिसमें वह प्रतिरोध करता है, तो प्रेम भी। प्रशांत ने 'जो प्रेम नहीं करते' शीर्षक कविता में कितनी खूबसूरती से लिखा है-

"प्रेम एक विष्फोट है
जो जड़ें हिला देता है
धर्म और जाति की दीवारों में
कील की तरह गड़ी चुप्पियों की ...
तुम प्रेम करो
जैसे कोई कवि
तोप की छाया में कविता बुनता है
जैसे कोई भूखा बच्चा
अपनी माँ की साँसों में
रोटी की कल्पना करता है।
प्रेम-एक ऐसा स्वप्न है
जो हर संविधान से पहले लिखा गया था।"

ऐसी पंक्तियां कल्पना से नहीं, गहन अनुभूतियों से जन्म लेती हैं।

हालांकि विद्वानों ने कविता को प्रतिभा के बीज का पौधा माना है। कहा जाता है कि कवि बनता नहीं है, बल्कि पैदा होता है। इस संबंध में महाप्राण निराला का मानना है कि जो लोग यह समझते हैं कि कवि पैदा होता है, बनाया नहीं जाता, वे इसका वैज्ञानिक तात्पर्य नहीं जानते। काव्यपाठ, सूक्ष्म अध्ययन, भाषा-ज्ञान से कवि-संस्कार जन्म लेते हैं। महाप्राण निराला की मानें तो कविता कोई सभ्यता नहीं है, बल्कि कविता संस्कार है, भाषा संस्कार। यह भाषा लिखित हो या मैखिक। यहीं आकर कविता अंतर्मन की अभिव्यक्ति का सबसे सशक्त माध्यम हो जाती है। प्रशांत में भाषा की साधना दिखती है इसीलिए उनकी कविताओं में अभिव्यक्ति की व्यंजना दूर तक प्रभावित करती है।

प्रशांत की अभिव्यक्ति में गहन संवेदना झरती है–

"जो लोग कहते हैं -
भूखे को रोटी दो, फूल नहीं
उन्हें कौन समझाए कि
कई बार, एक फूल भी
किसी भूखे के भीतर के
मनुष्य को बचा लेता है।"

ऐसी अनगिनत पंक्तियां उनकी कविताओं में हैं, जो शब्द की सीमा पार कर अपनी ध्वनियों से तादात्म्य स्थापित करती हैं। यही कविता में भाषा का संस्कार है। रघुवीर सहाय के शब्दों में कहें तो– 'कविता सृजन की आवाज हैं।'

उनके लिए कविता सारी दुनिया के मरघट बनने के बाद भी जीवित रहने वाली शाश्वत, अमर कृति है। कविता आत्मा की तरह अजन्मा है और अजर भी। महाकवि नीरज ने भी कहीं लिखा है– 'आत्मा के सौदर्य का शब्दरूप है काव्य।'

प्रशांत लिखते हैं–

"महान प्रेम
कोई दावा नहीं करता
पर सबसे कठिन घड़ी में
एक मौन आश्वासन बन कर
खड़ा हो जाता है
जहाँ बाकी सब पीछे हट जाते हैं।"

प्रशांत की कविताओं से गुजरते हुए अपनी गहन अनुभूतियों के बंद दरवाजों को खोलकर अमृत एहसासों को जीने जैसा लगता है। जैसे-जैसे ये एहसास गाढ़े होते जाते

हैं, हमारी आंतरिक दुनिया हर प्रकार के छल–छद्म से मुक्त होकर वृहत्तर लोक में विस्तार पाती जाती है।

प्रशांत लिखते हैं –

"प्रकृति हर क्षण
एक कविता रचती है
हम बस
उसे पढ़ना भूल जाते हैं।"

इस भाव का विस्तार वे एक दूसरी कविता में करते हैं-

"तुम्हारे साथ रहकर
मैंने देखा कि
घृणा की आँखें
नींद से भारी थीं
और प्रेम हर सुबह
नए कपड़े पहन कर
दरवाजे पर खड़ा रहता था!"

प्रेम की शाश्वत अनुभूतियां मन को कितना निर्मल बना देती हैं कि प्रतिकूल परिस्थितियों से संघर्ष करते हुए भी मनुष्य सतत सकारात्मक लोक में विचरण करता रहता है। यही प्रेम की शाश्वत शक्ति है, जो मनुष्य के अंतर को दिव्य प्रकाश से भर देती है। शायद इसीलिए पहाड़ी अंचल में रहते हुए प्रशांत का कवि प्रेम, प्रकृति और पर्वत से एकाकार हो उसके नैसर्गिक सौंदर्य का रसपान करता हुआ अपने अंतर के प्रकाश को उद्‌भासित कर सका।

फिलहाल तो प्रशांत का कवि मन प्रेम में है और अपना पता-ठिकाना भी दार्शनिक लहजे में अभिव्यक्त करता है–

"अब जब भी पूछता है कोई मेरा पता
मैं बस मुस्कुरा कर
उस ओर इशारा करता हूँ-
जहाँ आकाश
पहाड़ से लिपट कर सो रहा होता है!"

कभी प्रेम कवयित्री अमृता प्रीतम भी इसी लहजे में अपना पता ठिकाना बताती थी–

आज मैंने
अपने घर का नम्बर मिटाया है

और गली के माथे पर लगा
गली का नाम हटाया है
और हर सड़क की
दिशा का नाम पोंछ दिया है
पर अगर आपको मुझे ज़रूर पाना है
तो हर देश के, हर शहर की,
हर गली का द्वार खटखटाओ
यह एक शाप है, यह एक वर है
और जहाँ भी
आज़ाद रूह की झलक पड़े,
समझना वह मेरा घर है।"

'पहाड़ में प्रार्थना' संग्रह में प्रेम, प्रकृति, पहाड़ आदि से जुड़ी कविताएं अपने साथ बहा ले जाने की भाव-प्रवणता रखती हैं और अपने पहले ही संग्रह की कविताओं में भाषा के ऐसे दक्ष संस्कार पा लेने की अर्हता कोई छोटी उपलब्धि नहीं है। संग्रह की कविताएँ दूर तक बहा ले जाने की क्षमता के कारण अपने प्रभाव में ले लेती हैं। मुझे इस संग्रह ने बेतरह प्रभावित किया है। मुझे विश्वास है कि इन कविताओं से आप भी रसिक्त होंगे और आपके दिलों पर इन कविताओं का जादू अपना प्रभाव छोड़ेगा। इन्हीं भावों के साथ कवि को अपनी शुभकामनाएं देता हूँ !

–डॉ. शिवनारायण

विषय-सूची

मैंने प्रेम चुना

मैं नफ़रत नहीं बना
जब किसी ने मुझे नफ़रत से पुकारा।
मैंने अपनी चुप्पी को
उत्तर की तरह ओढ़ लिया ।

एक क्षण को चाहा जरूर
जवाब दूँ उसी भाषा में
जिसमें मुझे ढकेला गया है
पर मुझे याद रहा
प्रकाश कभी शोर नहीं मचाता।

मैं चुप रहा,
प्रेम की तरह —
जो प्रतिशोध नहीं बुनता,
ना कोई तर्क माँगता है
पर अपनी उपस्थिति से
नफरत को निरस्त कर देता है।

कविता की अंतिम पुकार

क्या तुमने कभी देखा है
गुलाब किसी भूखे के स्वप्न में?
वहाँ तो —
एक सूखी रोटी
टूटे हुए चाँद की तरह
बिखरी पड़ी होती है,
जिसे कोई बच्चा
नींद में भी
अपनी जीभ से चाट रहा होता है।

मज़दूर के हाथ में गुलाब —
जैसे ठहरे हुए समय में
घड़ी की सुई अटक गई हो,
या किसी बंद किताब में
धूप की आख़िरी रेखा ढूँढ़ी जा रही हो।

जब वे कहते हैं —
"गुलाब दो प्रेमिका को"
मैं सुनता हूँ एक माँ की साँस —
जो रोटी का अंतिम टुकड़ा
अपने हिस्से से चुपचाप निकाल कर
बच्चों की हथेली पर रख देती है।

गुलाब...
सिर्फ वही सोच सकता है
जिसने दुःख को
सिर्फ किताबों में पढ़ा हो,
और भूख को
सिर्फ कविता का बिम्ब माना हो।

लेकिन —
जिनकी रातें
छत की टपकन से भीगती हैं,
जिनके जूते
पसीने और मिट्टी में भीगते हैं —
उनके लिए
गुलाब नहीं,
रोटी ही प्रेम है,
प्रार्थना है,
और कविता की
अंतिम पुकार भी।

वो सांवली लड़की

वो सांवली लड़की
जिसे मैं कभी
स्कूल की पिछली बेंच पर
धूप की एक चुप मुस्कान की तरह
बैठे देखा करता था,
जिसके कंधों पर
लाल रिबन की तरह उड़ती थी
चंचलता —
जैसे बसंत ने
अपनी पहली तितली भेज दी हो क्लास में।

उसकी हँसी...
गूंजती थी फूस की छतों पर,
फिर उतर जाती थी
मेरे खाली कैनवास में,
जहाँ मैं उसकी आँखों से
एक नई कविता बनाता।

पर अब...
वो सांवली लड़की
बड़ी हो गई है
अब उसके बालों में

तितलियाँ नहीं बैठतीं,
अब उसकी चुप्पी
सिर्फ़ ख़ामोशी नहीं,
एक लंबा अनुशासन है —
जिसे जीना
उसे सिखा दिया गया है।

उसे समझा दिया गया है
कि तेज़ हँसी
लड़कियों को शोभा नहीं देती,
कि आँखों में सवाल नहीं,
झुकाव होना चाहिए,
कि उसे अब "भली" दिखना है —
भले ही वो भीतर से
थोड़ी-सी मर जाए।

अब वो सांवली लड़की
मेरे ख्यालों में
तितली की तरह नहीं,
एक चिट्ठी की तरह आती है —
जिस पर किसी ने लिख छोड़ा है —
"लौटना मना है..."

गिरता हुआ ब्रह्माण्ड

नदी
अब नहीं बहती —
उसकी देह में जम गई है
चुप्पी की गाद।
कभी जो गर्जना थी उसकी,
अब एक विस्मृत ऋचा है —
देवताओं तक भी
जिसकी प्रतिध्वनि नहीं पहुँचती।

जंगल
पेड़ों ने छोड़ दी है छाया देना —
वे बन गए हैं
स्वप्नों की समाधि-शिलाएँ।
हवा की जगह
टंगी है कुल्हाड़ी की गंध,
मानो हर शाख
किसी अपराध की चुप गवाही हो।

पहाड़
अब भी खड़े हैं
गगन की गोद में —
पर भीतर से दरक चुके हैं,

जैसे चुप्पी ओढ़े कोई पुराना संताप
जिसकी गूँज
सिर्फ़ पृथ्वी सुनती है,
मनुष्य नहीं।

मनुष्य
छू आया है ऊँचाइयाँ,
पर जड़ें —
वहीं की वहीं छूट गईं।
अब वह चलता है
बिना पृथ्वी के —
एक अंतहीन गिरावट में,
जिसे वह 'प्रगति' कहता है।

प्रकृति
न क्रोध में है, न करुणा में —
बस एक सूक्ष्म मौन है,
जिसमें सृष्टि
टूटकर गिरती जाती है
अपने ही कण-कण में।
जैसे ब्रह्मांड —
अपना सपना भूल गया हो।

जहां सूरज उगेगा

किसी कोने में —
एक माँ,
रात के अंधेरे में
बच्चे की भूख को
नींद की थपकियों से
बहलाती है,
और उम्मीद का
एक टूटा हुआ गीत
धीरे-धीरे गुनगुनाती है।

न उसके पास
चारदीवारी है,
न कोई पक्की ज़मीन।
एक फटा तिरपाल है —
जो हवा के झोंकों में
बार-बार उड़ता है,
जैसे जीवन
हथेली से फिसल रहा हो।

बच्चा पूछता है —
"माँ, रोटी कब मिलेगी?"
वह मुस्कराती है,

आँखों की बुझती चिंगारी
ओस में छुपा देती है,
फिर धीरे से कहती है —
"जहाँ सूरज उगेगा,
वहाँ रोटी भी उगेगी।"

वह झूठ नहीं बोलती,
बस समय को
थोड़ा और
धकेल देती है।

शहर उसका नहीं है।
सड़कें पूछती हैं —
"कहाँ से आए हो?
क्यों आए हो?"
जैसे भटकना
उसकी नियति हो।

कभी मंदिर की सीढ़ियाँ,
कभी प्लेटफ़ॉर्म का कोना,
कभी कूड़े का ढेर —
वहीं से वह चुनती है
ज़िंदगी के टुकड़े,
जैसे कोई टूटा खिलौना
जोड़ रहा हो।

धूल में बीतता है दिन,
तपती ज़मीन पर

बिना छाँव,
बिना शिकायत।

रात फिर आती है —
नदी के किनारे
या सूखी ज़मीन पर।
माँ फिर थपकियाँ देती है —
भूख को,
डर को,
थकान को।

और गाती है
वही गीत —
जो कभी लिखा नहीं गया,
मगर सदियों से
माओं की छाती में
गूंजता आ रहा है।

बुद्ध और हिटलर

एक ही आकाश की गोद से
उतरे थे दो मेघ—
एक बरसा अमृत बनकर,
दूसरा बरसा विष बनकर।

एक की साँस से उगा था कमल —
उसकी हर पंखुरी में
बसा था वह मौन,
जिसमें कोई पहली बार
अपने ही भीतर लौटता है।

दूसरे की नसों में बहा था लावा —
उसने लील लिया
हर दर्पण, हर छवि —
जैसे उसकी भूख
एक ज्वालामुखी बन उठी हो।

एक के हाथों में थी मिट्टी —
सहलाने को,
गढ़ने को,
जीवन रचने को।
दूसरे की मुट्ठी में वही मिट्टी —

मसलने को,
जलाने को,
राख में बदलने को।

मैं देखता हूँ उनकी छायाएँ —
एक छाया बन गई है मंदिर,
जहाँ भूखा भी गाता है प्रार्थना।
दूसरी छाया बन गई है बारूद,
जहाँ एक सैनिक
गिनता है अपनी अंतिम साँसों के साथ गोलियाँ।

रात जब उतरती है,
ये दोनों छायाएँ
धीरे से घुल जाती हैं
मेरी पलकों की तहों में —
एक आँसू बनकर,
एक स्वप्न बनकर।

मैं जानता हूँ —
सूरज हर सुबह उगता है
बिना अंधेरों का वज़न तौले,
जैसे रोशनी को
इतिहास की चादरें नहीं बाँध सकतीं।

तो मैं क्यों करूँ चुनाव?
जब दोनों दिशाओं में
मेरा ही कुछ छिपा है —
एक में वह क्षमा, जो मैं सीख न सका,
और दूसरे में वह क्रोध,
जिससे मैं अब भी थरथराता हूँ।

आज जब चिड़िया चुगती है दाना,
वह नहीं पूछती

यह अनाज किस खेत से आया —
जहाँ बुद्ध की करुणा
ओस बनकर उतरी थी खेतों पर,
या हिटलर के बूटों ने
जिसे रौंद डाला था।

मैं खड़ा हूँ
इन दो छायाओं के मध्य —
एक हाथ में
बुद्ध का मौन थामा हुआ है,
दूसरे में
हिटलर का तूफ़ान।
और मेरी छाती पर उकेरा है
वह प्रश्न —
जिसका उत्तर
न रोशनी दे सकती है,
न अंधकार —

"क्यों एक ही मिट्टी में
उगते हैं
फूल भी... और खंजर भी?"

जब तक यह धरती घूमती रहेगी,
यह प्रश्न गूंजता रहेगा —
हर उस नेत्र में
जो साहस करता है
अपने भीतर
दोनों बीजों के अंकुरण को देखने का।

पिता-1

वे बोलते नहीं ,
पर उनके जूते
हर सुबह बता देते हैं
कि कोई है
जो दुनिया से लड़ रहा है
ताकि घर बचा रहे।
वे खांसते हैं देर रात
जब सब सो जाते हैं —
उनकी खांसी भी
कर्ज़ की कोई किस्त होती है।

उनकी ज़िद —
हल जोतते बैल की तरह
कंधे पर चुप्पी ढोती है,
मगर भीतर
सपनों की फसल बोई जाती है।

पिता —
जैसे एक पुराना कुआँ,
जिसकी गहराई में
अब कोई नहीं झाँकता,
पर जिसने
पानी को अपने भीतर
सहेज रखा है
सबके हिस्से के लिए।

पिता-2

वे बोलते नहीं —
फिर भी न्यौछावर कर देते हैं
अपना सर्वस्व।

पिता से मैंने जाना है —
चुप रहकर भी
किसी को आज़ाद किया जा सकता है।

उनकी ज़िद में
एक अटकी हुई करुणा होती है —
जो हिलती नहीं अपनी जगह से
पर हम बच्चे महसूस कर सकते हैं।

पिता —
जैसे कोई विशाल वृक्ष
जिसकी छाया,
कभी आवाज़ नहीं करती।

परियाँ

परियाँ —
वे नहीं जो पंख लगाए
आकाश में उड़ती हैं,
वे तो होती हैं
माँ की आँखों में
जो रात भर जागती है,
जैसे कोई तपस्विनी
जो रात की सारी करवटें
अपने आँचल में समेटकर
बच्चे की नींद को थामे रहती है।

परियाँ
कभी –कभी
किसी उजड़े खेत में अंकुर बनकर फूटती हैं,
जहाँ किसान ने सिर्फ
आसमान पर भरोसा बोया होता है।

परियाँ —
करुणा की छंद हैं
जो शब्दों की सीमाएँ पार कर
मौन में भी संगीत रच देती हैं।

वे होती हैं...
एक बूढ़े पिता की मुस्कराहट में,
एक दोस्त की चुप्पी में,
या उस अजनबी की मुस्कुराहट में
जो बिना कुछ कहे प्यार बांटता है।

वे उगाती हैं मौन में एक कोमलता
जो आहत मन को बिना छुए सहला देती है
वे चमत्कार नहीं करतीं —
पर चुपचाप जीना थोड़ा आसान बना जाती हैं।

परियाँ —
कल्पना नहीं,
बल्कि स्पर्श हैं —
जो प्रार्थना बनकर उतरती हैं
और रच देती हैं एक ऐसा क्षण
जहाँ मनुष्य
अपने भीतर के सबसे कोमल मनुष्य से
मिलता है पहली बार।

माफ किया गया

उधार दिया था —
सिर्फ़ पैसे नहीं,
एक मूक विश्वास...
थोड़ा वक़्त,
थोड़ा अपनापन
और ढेर सारी चुप्पियाँ ।

उसने कहा था —
"जल्दी लौटाऊँगा,"
जैसे ऋतु कहती है –
"इसबार वसंत देर नहीं करेगा।"

मैंने सिर हिलाया —
वैसे ही,
जैसे कोई पेड़ हिलता है
जब एक पंछी
उसकी सबसे ऊँची टहनी से
अनायास उड़ जाता है।

फिर वक़्त बीतता गया —
ना पैसे लौटे,
ना वो।

और जो लौटा...
वो बस एक धीमी-सी टीस थी,
जो हर बार उसका नाम सुनते ही
मन की गलियों में गूँज उठती है।

पैसे माँगना चाहा कई बार,
जुबान तक लाया
पर शब्द गिर पड़े–
जैसे कोई पुरानी दोस्ती
अपने ही वजन से ढह जाती है।
कभी-कभी सोचता हूँ —
बचपन में पढ़ा था,
"माँगो, तो मिलता है..."
किसी ने यह नहीं बताया
कि रिश्ते माँगने से
अक्सर रूठ जाते हैं।

अब हाल ये है कि
हर उधारी के साथ
एक रिश्ता भी गिरवी रख देता हूँ —
बिना रसीद के,
बिना गवाह के।

बहुत बार ठगे जाने के बाद
अब समझ आया है —
कुछ लोग लौटाने के लिए नहीं
वो बस लेने आते हैं —
वक़्त भी, विश्वास भी,

और कभी-कभी
हमारा चैन भी...

और पीछे रह जाती है
एक खाली कुर्सी,
जो देर तक
दरवाज़े की ओर
निहारती रहती है —
बिना उम्मीद के।

मैंने अब तय किया है —
दिया गया क़र्ज़
सिर्फ़ वक़्त के ऊपर छोड़ दूँगा
जहाँ लौटाने की कोई शर्त नहीं होगी

बाक़ी सब पर
"माफ़ किया गया" लिखकर
दिल के किसी पुराने रजिस्टर में
बंद कर दिया है।

प्रतीक्षा

प्रतीक्षा
स्वयं छाया सी आती है
न आहट, न दृश्य
केवल एक थरथराता क्षण
जो साँसों से फिसलता है।

मैं प्रतीक्षा करता हूँ —
जैसे रेत प्रतीक्षा करे
अधखुले बादल की,
जैसे दीपक प्रतीक्षा करे
हवा के लौट जाने की।

प्रतीक्षा..
कभी वह एक कंपन है
ठहरे हुए जल में —
न हिलता, न टूटता,
पर उपस्थित।

प्रतीक्षा..
कभी वह एक क्षितिज है —
जहाँ दृष्टि रुक जाती है
और हृदय आगे बढ़ता है।

प्रतीक्षा
कभी वह उस व्यक्ति से अधिक है
जिसकी प्रतीक्षा की जाती है —
क्योंकि वह समय का नहीं,
आशा का रूप है।

प्रतीक्षा —
कभी ज्वार,
कभी निर्वात
कभी तुम,
कभी मैं।

प्रतीक्षा
उस ईश्वरीय राग की
सबसे मधुर पंक्ति
जो कभी पूरी नहीं होगी।

आदर्श नागरिक

मैंने देखा—
दर्पण के सामने एक चेहरा झुका था,
चिकना, चमकता,
सभ्यता की प्लास्टिक में पैक—
ईमानदारी की ब्रांडिंग के साथ।

वह कह रहा था—
"मैं टैक्स देता हूँ,
बच्चों को अच्छे स्कूल भेजता हूँ,
ना जातिवाद, ना नफ़रत—
बस, अपना काम करता हूँ।"

लेकिन
उसकी आत्मा के तहखाने में
पड़ी थीं कुछ जली हुई अस्थियाँ—
उन आवाज़ों की
जो अन्याय को नाम लेकर पुकारती थीं,
और 'देशद्रोह' के नाम पर
मिटा दी गई थीं।

वह हर शाम
न्यूज़ में क्रूरता को चाटता था—

नमक की तरह।
हर महीने
थोड़ा-थोड़ा ज़मीर बेचता था—
बिना उबकाई लिए।

उसे नींद आ जाती थी
जब झुग्गियाँ उजड़ती थीं,
और हर सुबह
वह दस्तख़त करता था
एक नई तटस्थता पर,
कॉफ़ी की भाप में छुपकर।

वह सच में
एक आदर्श नागरिक था—
जो चुप रहकर
संवेदना की हत्या करता रहा,
और खुद को सज्जन मानता रहा।

एक वृक्ष की स्मृति

वह पीपल—
जो कभी गाँव के मध्य था
जैसे कोई पुराना ऋषि बैठा हो
छाँव फैलाकर,
अब झुक गया है चुपचाप,
जैसे स्मृति की कोई थकी हुई पीठ।

उसकी शाखाएँ,
टूटी उँगलियों-सी —
जो समय के थपेड़ों में
किसी भूली दास्तान को
थामने की चेष्टा करती हैं।

कभी,
उसकी छाँव में बसता था पूरा गाँव —
बच्चों की किलकारियाँ,
नौजवान सपने,
बूढ़ों की कहानियाँ,
और पक्षियों का कोलाहल।

अब उसके चारों ओर
लोहे के टावर उग आए हैं—

न ज़मीन से जुड़े,
न आकाश से प्रेम करने वाले—
बस काँपते हुए सिग्नलों के
मौन यंत्र।

फिर भी,
वह पीपल अपनी विक्षिप्त डालियों से
हवा में एक प्रश्न उछालता है —
"क्या याद है तुम्हें वह दिन
जब तुम मेरी छाँव में खेला करते थे?"

वह चुप खड़ा है,
धूप के एकांत में—
और सहता है
गाँव के चल बसने का दुःख,
बचपन की नमी का लोप,
और उन संबंधों की क्षीण होती परछाइयाँ
जो अब
मोबाइल की स्क्रीन में
पलटते हैं कुछ सेकंडों तक।

अब उसकी आँखों में
कोई हरियाली नहीं—
बस इतिहास टपकता है,
जैसे जड़ से उठता कोई विलाप
जो कहता है—
"मुझसे मेरा आकाश छीन लिया गया है।"

वह पीपल
अब एक वृक्ष नहीं,
एक शोक-स्थल है—
हमारी विस्मृति का,
जहाँ धुएँ की शक्ल में
यादें
धीरे-धीरे
स्वर्ग की सीढ़ियाँ चढ़ती हैं।

एकांत में अंकुर

जब सब चले जाते हैं—
और मेरा कक्ष
नील व्योम की छाया-सा
मुझ पर उतर आता है,
तब कोई सूक्ष्म स्वर,
अदृश्य वीणा की
एक टूटी तान-सा
मेरे मौन में गूँजने लगता है।

मैं उतरता हूँ—
अपने ही अंतराल की सीढ़ियाँ,
जहाँ स्मृतियाँ
कमल-पंखुड़ियों-सी
थरथराती हैं,
और साँसें
किसी विस्मृत राग की
शेष लहर-सी
धीरे-धीरे आकार पाती हैं।

उसी मौन की थरथराहट में—
कुछ शब्द
मेरे भीतर
धीरे से टपकते हैं।

एकांत—
जो पहले निर्वासित करता था,
अब
एक आलोक हो गया है—
जिसमें मैं,
किसी अधूरे चित्र की भाँति,
स्वयं को देखता हूँ—
और अपनी रेखाओं में
अर्थ खोजता हूँ।

मैं इन शब्दों को
कविता नहीं कहता—
ये केवल स्पंदन हैं
जो भाषा से परे
मौन में धड़कते हैं—
जैसे कोई बीज
अंधकार में
प्रकाश की प्रतीक्षा करता है।

और हर रात—
जब सारा ब्रह्मांड
एक साँस की तरह
स्थिर होता है,
मैं स्वयं को
फिर से रचता हूँ—
जैसे सर्जक
किसी अज्ञात तत्व से
प्रकाश का रंग चुन लेता है।

युद्ध का सच

युद्ध शुरू होता है
किसी मेज़ पर रखे निर्णय से,
पर समाप्त होता है —
उन कंधों पर,
जो अर्थियों को थामे होते हैं।

हर युद्ध के बाद
केवल लाशें नहीं गिनी जातीं,
बल्कि वे सपने भी —
जो सजे थे सिपाहियों की जेबों में,

बंकरों में छिपे बच्चे जब पूछते हैं,
"पापा कब आएंगे?"
तो कोई उत्तर नहीं देता।
सिर्फ एक सन्नाटा फैलता है —
जो बंदूक की आवाज़ से भी ज़्यादा तीखा होता है।

युद्ध में सिर्फ टैंक नहीं चलते —
चलती है मनुष्यता की शवयात्रा।
हर गोली केवल शरीर को नहीं,
बल्कि एक पूरे युग को घायल कर देती है।
क्या सचमुच जीतता है कोई युद्ध?

विजय पताकाएँ जब फहराई जाती हैं,
उसी क्षण एक नन्हा बच्चा,
अपना उजड़ा घर खोजते-खोजते
भूख से दम तोड़ देता है।

विजयी भाषणों के नीचे दब जाती है
उस स्त्री की चीख,
जिसके पति को
अभी–अभी दफनाया गया है।

युद्ध केवल सीमाओं पर नहीं होता —
वह होता है
रसोई के बुझते चूल्हों में,
किताबों के फटे पन्नों में,
और उन सपनों में
जो हर रात डर से खुल जाते हैं।

युद्ध की सबसे भयानक विडंबना यह है कि —
वह मनुष्य से
उसकी मनुष्यता छीन लेता है।
और उसे या तो
दानव बना देता है —
या फिर
शोक का पुतला।

युद्ध में कोई सौंदर्य नहीं होता —
न उसमें कविता बसती है,
न कोई चित्र बन पाता है।
वह सिर्फ़ छीनता है —

स्मृतियाँ, संबंध,
और युगों की सभ्यताएं।

और अंत में...
जब सारी धूल
बैठ जाती है धरती पर
तब बस यही समझ आता है —
किसी ने कुछ नहीं जीता
केवल क्रूरता मुस्कुरा रही है —
और मानवता...
किसी कोने में पड़ी है —
बिना अंतिम संस्कार के।

गणतंत्र का शोकगीत

यहाँ हर गली में
एक अधूरी क्रांति
दम तोड़ चुकी है।
और सत्ता की उंगलियों में
संविधान—एक पुराने रुमाल की तरह
चिथड़ा होता जा रहा है।

और हम?
हम अख़बार के शोक-स्तंभ पढ़ते हुए
चाय की चुस्कियों में
अपनी संवेदनाएँ डुबो देते हैं।

धर्म?
अब एक शेयर बाज़ार है,
जहाँ सबसे ज़्यादा मुनाफ़ा
झूठ और नफ़रत के दलालों को होता है
मंदिर–मस्जिद की तिज़ोरी में
नफ़रत ब्याज की तरह जमा होती है,
और हमारी आस्था—
उसका सबसे बड़ा निवेश।

मीडिया?
एक शोरगुल भरा मेला है

जहाँ हर तथ्य को
बाज़ारू रंगों में रंगकर
सच्चाई के नाम पर बेचा जाता है।

यहाँ हर खबर एक कठपुतली है -
जिसके धागे
रेटिंग के तारों से बंधे हैं,
और हर ब्रेकिंग न्यूज़
एक नया मुखौटा ओढ़कर
दर्शकों के सामने आती है
स्टूडियो की चकाचौंध में
गुम हो जाते हैं असली सवाल,
और पत्रकारिता
एक सस्पेंस थ्रिलर बनकर रह गई है -
जिसका क्लाइमेक्स
कभी आता ही नहीं...

भ्रष्टाचार कोई अपराध नहीं,
बल्कि व्यवस्था का मूलमंत्र है
हर फाइल की कीमत,
हर हस्ताक्षर का दाम,
हर नियम एक वस्तु
बिकाऊ, परिवर्तनशील और नष्ट हो जाने योग्य।

और हम?
हम उस भीड़ का हिस्सा हैं
जो हर सुबह
अपने ही खंडहरों को निहारती है,

मलबे में से कुछ तलाशती है,
और शाम को
उसी मलबे के बीच सो जाती है।

यह देश नहीं,
एक प्रयोगशाला है—
जहाँ लोकतंत्र, धर्म, न्याय
सबके सब
विज्ञापनों की तरह बेचे जाते हैं।

गांधी

वह चला,
धूल भरी सड़कों पर,
नंगे पाँव,
सत्य के साथ।
उसकी छाया इतनी लंबी थी,
कि सदियों तक उसमें
एक देश आकार लेता रहा।
उसने रख दिया था
अपना सब कुछ—
सूट, घड़ी, वकालत,
यहाँ तक कि आधे कपड़े भी,
एक अटूट विश्वास के चरणों में।

उसे ज्ञात था —
हिंसा की ज्वाला
सत्य को नहीं जला सकती
उसे विश्वास था —
डर की आँखों में
चट्टान की तरह टिके रहना ही
साहस की पहली सीढ़ी है।

पर फिर भी,
एक दिन,

वह अपने ही लोगों के बीच मारा गया
तीन गोलियाँ निकलीं।
और वह गिरा,
"हे राम" कहता हुआ,
मानो कोई प्रार्थना
अपने अंतिम श्वास में समा गई।

और हम,
हम सब चलते हैं,
उसकी छाया से बाहर,
बिना यह जाने कि
वह आदमी
कितना अकेला पड़ गया है
अपने ही देश में।

अब वह महात्मा
इतना अकेला है
कि उसकी समाधि पर
फूल नहीं,
शंकाएँ चढ़ाई जाती हैं।

अब उसकी समाधि से ज़्यादा
उसकी चुप्पी बोलती है —
हमारे इतिहास के माथे पर
एक जिंदा प्रश्न बनकर।

जहाँ प्रेम सांस लेता है

तुम्हारे प्रेम की छाँव में
धूप मखमली हो जाती है,
ओस भीगी हवा में
इत्र की तरह घुल जाती है।
शाम —
शबनमी मुस्कान ओढ़ लेती है,
और तारे
हथेली पर रखे ख्वाबों जैसे
झिलमिलाने लगते हैं।

तुम्हारे होने से
नदी की बहती धुन
एक प्रार्थना-सी लगती है,
पत्तों की सरसराहट
किसी भूले-बिसरे गीत की
पहली पंक्ति बन जाती है।

जब तुम्हें देखता हूँ —
समय ठहरता नहीं,
बल्कि फैल जाता है
अनंत में —
हर लम्हा ओढ़ लेता है
रंगों की नई व्याख्या,

और हर क्षण
बुनता है
अर्थ का एक और गहरा सूत्र।

तुम्हारे प्रेम में होना —
जैसे कविता में साँस लेना,
या धरती की धड़कनों का
मेरे हृदय से एक हो जाना।

तुम्हारा प्यार
सिर्फ़ एक भाव नहीं —
यह आँखों का मौन संवाद है,
जहाँ डूबते ही
हर दिशा में
जीवन उग आता है।

तुम्हारे बिना —
सब कुछ था,
मगर केवल बस दृश्य

और अब तुम्हारे साथ —
हर दृश्य
जीवन की कविता बन गया है।

कुछ ऐसे जीना

जीना कुछ ऐसे..
जैसे हर साँस
धरती की छाती में
थोड़ी-सी हरियाली बो दे —
और वहाँ चुपचाप उग आए
एक कोमल अंकुर।

जीना कुछ ऐसे..
जैसे दीपक,
जो अंधेरे को केवल हराता नहीं,
बल्कि उसे आलोक से छूता है —
और परछाइयों को भी सौंप देता है
एक मधुर ममत्व।

जीना कुछ ऐसे
जैसे वसंत की प्रथम फुहार —
जो सूखी शाखों पर
बिना शोर के लिख देती है
नवजीवन की कविता।

जीना कुछ ऐसे
जैसे वह पक्षी —

जो ऊँचाइयों की खुली हवा में भी
सहेजे रखता है
अपने घोंसले की गंध।

जीना कुछ ऐसे
जैसे किसी दुश्मन की आँखों में
घृणा के पीछे छिपी थकान को पहचानना —
और उस थकान पर
शीतल चाँदनी की तरह
करुणा बिखेर देना।

भगदड़

भगदड़ में
कुछ लोग मरे हैं।
मंत्री जी घटनास्थल की ओर
प्रस्थान कर चुके हैं —
उनके पीछे कैमरों की भीड़ है,
और सामने
चप्पलों की एक बिखरी हुई कतार।

सरकारी बयान आ चुका है —
"हम दुखी हैं।"
मुआवज़े की फ़ाइलें
दुख की तरह
धीरे-धीरे सरक रही हैं
एक टेबल से दूसरी टेबल।

वे लोग
जो सीढ़ियों पर गिरे थे —
क्या उन्हें पता था
कि वे अब एक 'भीड़' हैं?
या क्या वे
अपने वोटर कार्ड की तरह
अब भी ख़ुद को
'नागरिक' मान रहे थे?

एक अख़बार के कोने में
किसी अधूरी चप्पल की तस्वीर छपी —
अगली सुबह उस पर
किसी ने
चाय का कप रख दिया।

यह सबकुछ
अब 'दुर्घटना' है —
जैसे होना ही था।
जनता चीख़ती है,
सरकार शोक प्रकट करती है,
और हम
संख्या में
सिर्फ मृत्यु गिनते हैं।

यह कविता नहीं —
समाचार है।
जिसमें कुछ लोग मरे —
और कोई हिला नहीं।
क्योंकि
हमारे लोकतंत्र में
अब भी
जीवन
मुआवज़े से भी
सस्ता है।

मिट्टी के लोग

मुझे याद आते हैं वे चेहरे
जिन पर धूप
अपनी कठोर उँगलियाँ रख कर
चुपचाप उतरती थी।

उनकी हथेलियाँ
जैसे अर्थ उगाती थीं,
और थकान —
श्रद्धा बनकर
माटी में मिल जाती थी।

मैंने उन्हें देखा है —
भोर से पहले जाते और,
रात की पीठ पर लौटते
बिना शिकायत के।

वे बोझ उठाते हुए
सिर झुकाते थे
और पुल बन जाते थे,
धरती और आकाश के बीच।

मेरी स्मृति की साँझ में
वे चेहरे

अब भी खड़े हैं —
मिट्टी में लिपटे,
पसीने में चमकते,
मनुष्य होने की
अंतिम परिभाषा की तरह।

मैं क्यों लिखता हूँ

कुछ लोग नहीं चाहते
कि मैं बना रहूँ—
कम-से-कम वैसा
जैसा मैं,
हर रोज़
टूट-टूटकर
बनने की कोशिश करता हूँ।

वे चाहते हैं
कि मैं भी
किसी झुंड में खो जाऊँ,
किसी नाम के पीछे
अपना नाम मिटा दूँ—
या फिर
सीख लूँ तालियाँ बजाना
किसी और की विफलता पर।

पर मुझे क्षमा करें—
मैं अब भी
सिर्फ़ एक मनुष्य
बचा रहना चाहता हूँ।

मैंने बहुत पास से देखा है—
शब्दों की ओट में तनी कटारें,
मुस्कानों में छिपे व्यंग्य,
और प्रशंसा के आवरण में
लिपटा अपमान।

लेकिन यह भी सीखा है—
हर तीर, युद्ध नहीं होता,
हर आलोचना, शत्रुता नहीं होती।
मैं जानता हूँ कि—
प्रेम हर बार भीतर से नहीं फूटता।
कुछ चेहरे हैं
जिनका स्मरण मात्र
मन के भीतर
कठोरता की परतें जमा देता है—
जैसे किसी निर्जन कुएँ में
बर्फ उतर आती है
चुपचाप।

फिर भी मैं उन्हें समझना चाहता हूँ,
जैसे कोई पुराना बढ़ई
किसी चरमराते किवाड़ की आवाज़ में
लकड़ी का दुःख सुन लेता है।

मैं खुद से पूछता हूँ—
क्या मेरी भाषा में अब भी करुणा बची है?
क्या मेरी दृष्टि
अब भी किसी टूटे हुए को
पूर्ण देख सकती है?

क्या मेरे लिखने में
अब भी वह पुकार है
जो केवल चोट नहीं देती—
मरहम भी रखती है?

और जब इतना सोच चुकने के बाद भी
मेरे भीतर से
एक धीमा, ईमानदार स्वर उठता है—
"लिखो"
तो मैं जानता हूँ—
मैं अब भी पूरी तरह खोया नहीं हूँ।

मेरे शब्द
कभी धार बन जाते हैं,
और कभी दुआ।
उनकी नीयत साफ़ है—
वे सिर्फ़ उजाला करना चाहते हैं
थोड़ा अंदर थोड़ा बाहर ।

इसलिए जब कोई पूछता है —
"तुम क्यों लिखते हो?"
तो मैं कहता हूँ —
"मैं मनुष्यता बचा लेना चाहता हूँ—
और सबसे पहले,
अपने आप को।"

वसीयत

वे शिक्षक थे—
पर पुस्तक नहीं,
पढ़ते थे पार्टी का घोषणा-पत्र।
उन्होंने क्लास से ज़्यादा
चुनावी कैंपेन में भाषण दिए,
और हर नई लहर के साथ
झुकते चले गए—
बिना रीढ़ के, बिना दिशा के।

जिसे तुम 'गुरुजी' कहते हो—
दरअसल वह एक मंत्री के
निजी सचिव का "भरोसेमंद आदमी" है,
जिसने चुनाव-प्रचार में
एक बार चाय थमाई थी—
और पुरस्कारस्वरूप
मिला था 'सहायक प्राध्यापक' का पद।

विश्वविद्यालयों में ज्ञान
अब प्रश्नपत्रों की तरह
आउटसोर्स हो चुका है।
क्लास अब एक "कोचिंग कैंप" है,
जहाँ मस्तिष्क विचार नहीं करता,
बस सिलेबस रटता है।

मैं देखता हूँ—
पीढ़ियाँ— निष्प्रभ चेहरों में
एक अदृश्य थकान ढोती हैं,
क्योंकि उनके आदर्श
मंचों पर नहीं,
नेताओं की गोद में मिलते हैं।

विश्वविद्यालय के गलियारे
अब प्रेरणा नहीं देते—
वे फुसफुसाते हैं:
"अगर नौकरी चाहिए, तो चुप रहो,
अंदर की बात बाहर मत ले लाओ..."

और शिक्षक...?
वह भी व्यस्त है—
"किसके साथ सेल्फ़ी लूँ,
किस मंच पर बैठूँ... "
उसकी गरिमा अब
आत्मा की नहीं,
सेल्फी की चीज बन चुकी है।

और यह सब—
आज से नहीं,
दशकों से जारी है—
एक दीमक की तरह,
धीरे-धीरे
ज्ञान की लकड़ी को चाटता हुआ।

मैं पूछता हूँ—
क्या इस कुंठा का कोई अंत होगा?
क्या शिक्षक फिर से
प्रकाश का वाहक बनेगा?
पर उत्तर अब भी 'मौन' है,
जैसे सदियों से था।
एक लंबी, थकी हुई चुप्पी—
जो विश्वविद्यालय की
सबसे पुरानी वसीयत बन चुकी है।

पोस्टबॉक्स की आत्मा

अब वह केवल एक स्मारक है —
बीते वक्त की थमी हुई सांस का
जब शब्दों में जीवन था,
और काग़ज़ की तहों में
धड़कते थे सहेजे गए मन।

अब भी खड़ा है वह वहीं —
जहाँ किसी ने प्रेम रखा था चुपचाप,
किसी ने जुदाई की कसक भेजी थी
और किसी माँ की चिंता
धीरे-से बेटे की हथेली में उतर आयी थी।

एक लाल पेटी —
जो अब चुप है,
उसे कोई नहीं देखता
सिवाय वक़्त के,
जो हर शाम
उस पर थोड़ी और धूल छोड़ जाता है।

उसकी गहराई में
अब भी दबा है वह धैर्य,
जो चिट्ठियों के लौटने तक

साँस रोककर
दिन गिनता था।

अब हम भागते हैं —
तात्कालिक संदेश,
और तीव्र उत्तर की ओर
पर खो गई है वह,
प्रतीक्षा की शहद-सी मिठास,
जो कभी
पोस्टबॉक्स की आत्मा हुआ करती थी।

जो प्रेम नहीं करते

प्रेम —
एक विस्फोट है —
जो जड़ें हिला देता है —
धर्म और जाति की दीवारों में
कील की तरह गड़ी चुप्पियों की।

यह कोई मंदिर का फूल नहीं —
यह सड़क पर गिरी हुई हँसी है,
जो उठ खड़ी होती है
गंध और गुस्से के साथ।

प्रेम —
त्वचा पर गिरती ओस की बूँद है —
न स्पर्श में,
न ताप में,
वह एक उपस्थिति है —
जैसे मौन की छाया
धर्मों की दीवार से फिसलकर
अंत:करण में उतरती हो।
प्रेम —
एक ऐसा अव्यक्त कंपन है
जो भाषा के पहले जन्मता है,

और
क्रांति की पहली साँस बन जाता है।

जो प्रेम नहीं करते —
वे धीरे-धीरे
अंदर से सड़ने लगते हैं।

तुम प्रेम करो —
जैसे कोई कवि
तोप की छाया में कविता बुनता है,
जैसे कोई भूखा बच्चा
अपनी माँ की साँसों में रोटी की कल्पना करता है।

प्रेम —
एक ऐसा स्वप्न है,
जो हर संविधान से पहले लिखा गया था।

एक रोटी और एक गुलाब

रोटी ज़रूरी है —
हाँ, जैसे जीवन की पहली साँस,
पर क्या साँस भर लेना
ही जीवित रहना है?

गुलाब —
कोई विलास नहीं,
वह एक टूटी हुई उम्मीद की तरह
हथेली पर रखा जाता है
इस भरोसे के साथ
कि दुनिया अभी पूरी तरह पत्थर नहीं हुई।

तुमने जब
मेरी हथेली में
काँपता हुआ गुलाब रखा,
तो वह
सिर्फ़ एक फूल नहीं था —
वह एक मौन पुकार थी
कि इस सख़्त पड़ती दुनिया में
कोमल रहना भी
एक संघर्ष है।

गुलाब —
एक याद है,

जो समय के कागज़ में
दबकर भी महकती रहती है —
जैसे अधूरा प्रेम
किसी कविता की अंतिम पंक्ति बन जाए।

जो लोग कहते हैं —
"भूखे को रोटी दो, फूल नहीं!"
पर उन्हें कौन समझाए —
कि कई बार
एक फूल ही
किसी भूखे के भीतर के
मनुष्य को बचा लेता है।

गुलाब
पेट नहीं भरता —
पर वह आँखों में
एक रोशनी छोड़ जाता है,
जिसमें
जीवन फिर से
संभावना की तरह उग आता है।

इसलिए —
जब दुनिया
कठोर लगे
एक निराश हाथ थामो —
और उसके हाथ में
एक रोटी रखो...
और एक गुलाब भी।

शून्य के किनारे

मृत्यु —
न अंत है,
न उत्सव।

बस
एक विराम,
जो शब्द नहीं चाहता।

शरीर
जैसे उतर जाता है
धूप से —
और
छाया
अपने होने को
धीरे-धीरे
भूल जाती है।

वो एक चाय की दोपहर

बारिश —
पहाड़ की पलकों पर
बूँद-बूँद उतरती रही,
जैसे किसी भूली हुई रागिनी की
पहली स्वर-रेखा
धुंध की चुप्पी में जाग उठी हो।

हम खिड़की के पास बैठे थे,
और भाप में डूबा था एक प्याला—
उसके ऊपर तैर रही थी
तुम्हारी आँखों की नरम सी परछाईं।

तुमने कहा था,
"हर बारिश के बाद
पहाड़ों से उतरती है
एक नदी... मेरी तरह—
थोड़ी गुमसुम,
थोड़ी बेकल,
पर बहती हुई।"

मैंने देखा था तुम्हारी ओर—
और पूछा,
"क्या पहाड़ भी टूटते हैं?"

तुम हँसी थीं,
जैसे कोई उत्तर नहीं,
बस एक भरोसा हो—
"हाँ... लेकिन बहकर
समंदर तक पहुँच जाते हैं।"

अब बरसात थम चुकी है।
पहाड़ चुप हैं,
लेकिन तुम नहीं हो।

सिर्फ एक प्याला है,
जिसकी तलहटी में
भाप की जगह बची है
एक ठंडी सी खामोशी।

कभी-कभी प्रेम भी
चाय की तरह लगता है—
ठंडा होने के बाद
उसकी गर्माहट
और ज्यादा याद आती है।

कोई बस इतना कह दे

चार दिन की ज़िंदगी में
चार ऐसे दोस्त हों—
जिनकी आँखों में
भरोसे की उजली नमी हो,
जिनकी बातों में
घर लौट आने-सा सुकून हो।

चार ऐसी किताबें हों—
जिनके शब्द
सिर्फ आँखों से नहीं,
हृदय से पढ़े जाएँ—
और भीतर कहीं
एक भूला हुआ परिचय
फिर से जड़ें पकड़ने लगे।

चार ऐसे वस्त्र हों—
ना विलासिता की परछाई,
ना दीनता का बोझ—
बस इतने कि
तन को गरिमा मिले,
और आत्मा को
कभी समझौते की सुई न चुभे।

चार ईमान के पैसे हों—
ना किसी फरेब से लाए गए,
ना आत्मा को गिरवी रखकर कमाए गए—
बस इतने कि
रोटी की गरमाहट रहे,
और सम्मान की एक रेखा
सिर उठाकर खींची जा सके।

ज़िंदगी वस्तुतः,
कुछ बड़ा नहीं माँगती—
वह माँगती है
एक निष्कलुष मुस्कान,
एक नम दोपहर
और अंत में
बस कोई इतना कह दे–
"यह व्यक्ति
इस दुनिया में
मनुष्यता के गीत की
एक सुन्दर पंक्ति बनकर आया था।"

एकांत का आलोक

एकांत में
कोई स्पर्धा नहीं होती,
न कोई उलझी प्रतीक्षा—
बस एक पारदर्शी निस्तब्धता होती है,
जो मन के भीतर
वैसे ही धीरे-धीरे उतरती है
जैसे चाँदनी
किसी प्राचीन मंदिर की
शांत देहरी पर पाँव रखे।

और उसी क्षण—
बिना किसी आवाज़ के,
बिना किसी प्रमाण के—
मैं जानता हूँ
कि मैं हूँ।
और होना ही,
कभी-कभी,
सबसे गहरी पर्याप्तता होती है।

प्रेम की स्मृति

बारिश थमने पर
पहाड़ यूँ दिखते हैं,
जैसे किसी ने उन्हें
भीतर से पुकारा हो—
और वे ठहर गए हों,
प्रेम में डूबे,
एक क्षण की तरह स्थिर।

कभी-कभी लगता है—
प्रेम की स्मृतियाँ
उँची पहाड़ियों जैसी होती हैं।
जहाँ हम जाते नहीं,
बस दूर से निहारते हैं,
भीगते हुए—
चुपचाप।

जाम में देश

गाड़ियाँ...
गाड़ियाँ...
गाड़ियाँ...

सड़कों पर बिछी है
ट्रैफ़िक की चटाई—
जिस पर हर टायर
एक ही लीक पर रेंग रहा है
जैसे नियति ने बना दी हो
एक ही दिशा की भूलभुलैया।

जनसंख्या बढ़ती है
गाड़ियाँ बढ़ती हैं
पर जगह वही—
वही संकरी गलियाँ,
वही चौराहा...
वही रोज़ का जाम...

हर कोई हड़बड़ी में है—
कहीं पहुँचने की नहीं,
बल्कि
खुद से भागने की जल्दी।

हार्न... हॉर्न... हॉर्न...
जंगल जैसा शोर,
यहाँ बोलती है
स्टील की चटख...
रबर की घिसट...
कार्बन की घुटन...

यह हमारा राष्ट्रीय शिल्प है—
संख्या... गति... शोर...
पर दिशा?
किसी के पास नहीं।

हर कोई
पहुँचने की होड़ में है—
लेकिन सब एक साथ
एक ही जाम में ठहरे हैं:
गाड़ियों का जाम...
समाज का जाम...
संवेदना का जाम...
समय का जाम...
और अंततः—
ज़िंदगी का जाम।

और हम...
इसे कहते हैं—
विकास।

मेरे नाना

मेरे नाना
जैसे कोई पुराना क़िला हों
जिसकी हर ईंट में इतिहास की धमक
हर दीवार पर वक़्त की छाया तैरती है।

आवाज़ भारी है उनकी —
जैसे सावन की पहली गर्जना,
और उनके हाथ ऐसे हैं
जैसे धूप में तपकर भी
छाँव बाँटता है कोई बूढ़ा बरगद।

भीतर से वे
एक गिरते हुए झरने की तरह हैं
जिसकी हर बूँद में
स्नेह की उजास
और जीवन का उमंग चमकता है।

वे चलते हैं
जैसे खेतों के बीच से कोई पगडंडी —
सचेत, सरल और
हर दिशा से जुड़ती जाती है।

नानी के लिए —
उनकी आँखों में जो चमक है
वह वैसी ही है
जैसे किसी मंदिर के दीपक में
रोज़ जलती हो कोई मूक प्रार्थना।

बच्चों के लिए —
वे चिड़ियों जैसे हैं
हर सुबह उनके उठने की आहट से
धीरे–धीरे घर जागने लगता है।

और हम हैं उनके बच्चों के बच्चे —
जो उनकी गोद में जाकर
समूचे ब्रह्मांड की सुरक्षा ओढ़ लेते थे।

नाना
सिर्फ एक संबोधन नहीं हैं
वे वसंत ऋतु का एहसास हैं
जिनसे हमारा जीवन महकता है।

अब भी जब उनसे दूर
हवा में बगीचे की महक आती है,
या कोई शांत दोपहर
चुपचाप बीतती है —
हम महसूस करते हैं...
नाना यहीं कहीं हमारे पास हैं।

बुरांश के फूल

बुरांश महज एक फूल नहीं है —
बल्कि एक मौन विस्फोट है
वसंत की कर्कश चुप्पी में
अनकहा, अनसुना।

पगडंडियाँ नहीं जानती हैं—
कि पत्थरों की छाती पर
इस तरह भी उगती है अग्नि
जो शब्दों में नहीं ढलती,
बस फूटती है।

लोग कहते हैं —
"बुरांश बहुत सुंदर होता है!"
वे नहीं जानते —
वह सुंदर नहीं,
अनिवार्य होता है।

एक ऋतु आती है
जब पहाड़
अपने ही भीतर से
मांगते हैं एक रंग —
जीने के लिए,
या शायद जलने के लिए।

मैं ठहरता हूँ —
एक फूल के सामने।
वह मुझसे कुछ नहीं कहता,
फिर भी मेरी चुप्पी में
उसकी कोई बात
धीरे-धीरे उग आती है।

मैं हूँ.. जहां राह नहीं होती

मैं नहीं चलता,
चलती है धरती मेरे नीचे—
जैसे किसी अनसुलझे वाक्य को
समझने की बेचैनी हो जीवन।

हवा
कभी मेरा कंधा थपथपाती है
कभी एक पुराने दोस्त की तरह
बिना बोले साथ हो लेती है।

जेब में हैं
कुछ मुस्कराते हुए रूमाल,
कुछ ठंडी शामों की छुअन,
और वो प्रश्न—
जो उत्तर से ज़्यादा रास्तों जैसे लगते हैं।

मेरा नाम
किसी घर के बाहर नहीं लिखा है
मैं वहाँ मिलता हूँ
जहाँ लोग बिना वजह चलते हैं—
पगडंडियों पर,
या मन के किसी अकेले मोड़ पर।

और मेरा यह सफ़र—
खुद को पुकारता है
बिना यह जाने
कि कौन उत्तर देगा।

महान प्रेम

महान प्रेम
कभी उद्घोष नहीं करता।
वह चुपचाप खड़ा रहता है
उसी दरवाज़े के पास
जहाँ से सबने लौटना
एक दिन छोड़ दिया होता है।

महान प्रेम तर्क नहीं करता,
न कोई शिकायत करता है
बस प्रतीक्षा करता है —
जैसे धरती
हर बार
बरसात के लौटने पर
चुपचाप भीग जाती है।

महान प्रेम
जैसे कोई जिद्दी बीज,
जो पत्थर की ओट में भी
हरियाली की
आस नहीं छोड़ता।

महान प्रेम
कोई दावा नहीं करता
पर सबसे कठिन घड़ी में
एक मौन आश्वासन बनकर
खड़ा हो जाता है
जहाँ बाकी सब पीछे हट जाते हैं।

सफलता के मायने

मैं नहीं चाहता
कि मेरा नाम
इतिहास की कठोर दीवारों पर
क़ैद हो जाए —
जैसे कोई शिलालेख
जो बोल नहीं सकता,
बस मौजूद रहता है।

ना मैं चाहता हूँ कि
भीड़ मुझे
कंधों पर उठाए —
जैसे वह जानती हो
कि मैं कौन हूँ,
जबकि मैं
अब भी
खोज में हूँ
अपने ही होने की।

मैं चाहता हूँ —
हर सुबह
ऐसे फूटे भीतर से,
जैसे सूरज

मेरे अस्तित्व की मिट्टी से
अँखुआता हो।

मैं कुछ ऐसा करूँ —
जो मेरे होने का सहज विस्तार हो;
न कोई डर,
न कोई अभिनय,
न वह घुसपैठ करती आवाज़
जो पूछती है —
"तुम क्या हो?"

मेरे लिए सफलता
कोई ऊँची रेखा नहीं
न कोई बड़ा लक्ष्य
बल्कि एक धीमी यात्रा है
जो समाज के पैमाने से नहीं,
मेरे सपनों से बनती है।

मैं नहीं चाहता
ऐसी कुर्सी
जिस पर बैठते ही
मेरे कंधे भारी हो जाएँ।

मुझे चाहिए
एक शांत कोना —
जहाँ मैं रो सकूँ
बिना किसी संकोच के।

लोग कहते हैं —
"नाम कमाओ..."
मैं सोचता हूँ —
अगर मैं रात को
बिना बोझ के
सो सका,
तो वह मेरी
सबसे बड़ी उपलब्धि होगी।

मैं खुद को
परिभाषाओं में
नहीं बाँधना चाहता हूँ —
वे तो बस छायाएँ हैं,
और मैं —
प्रकाश की एक संभावना हूँ।

मैं बस
एक कोशिश हूँ —
जो हर दिन
अपनी सच्चाई को
गहराई से जी लेना चाहता है।

क्योंकि मेरा होना —
किसी उपलब्धि की गूंज नहीं,
बल्कि उस अनकहे क्षण की गहराई है
जब मैं अपने भीतर की
कांपती चुप्पी से कहता हूँ —
"मैं जैसा हूँ,
वैसा होना
फिलहाल काफ़ी है।"

कोविड त्रासदी

अस्पतालों के गलियारों में
लाशें रखी थीं —
और जिंदगियाँ
लाइन में खड़ी होकर
अपनी बारी का इंतज़ार कर रही थीं।

नदी में बहते थे शव —
ना चिता, ना संस्कार,
सिर्फ़ एक सन्नाटा
जो चीखता था
असंख्य मुँहों की घुटी हुई ख़ामोशी में।

गंगा के जल में नहीं था अब मोक्ष,
वहाँ तैर रही थी
एक सड़ती हुई सच्चाई —
जो हर आस्था को निगलकर
मदद की भीख माँग रही थी।

ओ मेरे समाज के आदर्श विचारको!
तुम्हारी किताबों में "मनुष्य" था,
पर अस्पतालों में
सिर्फ़ आँकड़े थे —

शव 1, शव 2, शव 3...
श्मशानों और कब्रिस्तानों में
विदा के आखिरी शब्द
मौन की राख में दब रहे थे।

संसद ख़ामोश थी,
नेताओं की आँखों में
डर नहीं —
बल्कि दूरी थी।
और डॉक्टर —
देवदूत बनकर पीपीई किट में
अपने आँसुओं को सील कर
हर एक साँस बचाने के लिए
युद्ध की तरह लड़ रहे थे।

मैंने देखा —
एक माँ,
मास्क के पीछे
अपने बेटे की मृत्यु की खबर
फोन पर सुन रही थी।
और बगल में एक बच्चा —
भूख से बेहाल रोटी के लिए
ज़िद कर रहा था,
और सामने टीवी पर एंकर —
"सब कुछ नियंत्रण में है!"

कहाँ था वह नियंत्रण?
रेल की पटरियों पर दम तोड़ते
नंगे पाँवों में?

या उन सड़कों पर
जहाँ भूख
मीलों चलती रही —
सिर्फ़ एक रोटी की तलाश में?

न मंदिरों में आरती थी,
न मस्जिदों में अज़ान,
न चर्च में प्रार्थना —
सिर्फ़ ऑक्सीजन सिलेंडरों की
काली दलाली थी।
यह महामारी नहीं थी केवल
यह था
मनुष्य का आईना,
जिसमें हमने देखा —
कि हमारे विकास की ऊँची इमारतें
कितनी खोखली हैं।

हमें चाहिए थे
बड़े मंदिर नहीं,
बड़े अस्पताल
बड़े-बड़े भाषण नहीं,
छोटी–छोटी सच्ची उम्मीदें
जहां जीवन साँस ले सके।

अब जब
थोड़ा सब थमा है,
क्या हम भूल चुके हैं
वे तड़पते हुए हाथ?
वे जलते हुए शव?

वे बूढ़ी आँखें
जो बेटे के इंतज़ार में
हमेशा के लिए बंद हो गईं?

मैं नहीं भूलता!
क्योंकि
मैं वही मज़दूर हूँ —
जो पैदल चला,
वही डॉक्टर —
जिसने अपनी माँ का अंतिम दर्शन छोड़ा
किसी और की माँ की जान बचाने के लिए।
वही पत्रकार —
जिसने सच्चाई दिखाई
और नौकरी गँवा दी।
वही छात्र —
जिसने पढ़ाई की जगह
सब्ज़ी बेची!

मैं नहीं भूलता —
क्योंकि यह कोई बीता कल नहीं,
यह एक जीवित लाश है
जिसे हम रोज़ उठाते हैं
अपने ही भीतर —
कभी शर्म बनकर,
कभी आक्रोश बनकर,
कभी उस मौन अपराधबोध की तरह
जो हमें सोने नहीं देता।

मैं नहीं भूलता —
क्योंकि भूल जाना
सिर्फ़ अन्याय को माफ़ करना नहीं,
उसे दोहराने की अनुमति देना है।

मैं नहीं भूलता —
क्योंकि यह कविता नहीं,
गवाही है —
उन आँखों की, जो बुझ गईं,
उन पैरों की, जो घिस गए,
उन हाथों की,
जो मदद के लिए उठे
और खाली लौट आए।

मैं नहीं भूलता —
क्योंकि मैंने सुनी हैं
वे चीखें जो
कभी रिकॉर्ड नहीं हुईं,
वे मौतें जो
कभी आँकड़ों में नहीं आईं,
और वे प्रेम कहानियाँ
जो अस्पताल के गेट पर
सांसों के बिना छूट गईं।

मैं नहीं भूलता —
क्योंकि यह इतिहास नहीं,
एक ज़िंदा टीस है —

जो समय की दीवारों पर
आज भी लिखी जा रही है —
लहू से, आँसुओं से,
और उस उम्मीद से
जो अब भी चाहती है
एक ऐसा समाज —
एक ऐसा देश–
एक ऐसी दुनिया
जो केवल जीवित न रहे,
बल्कि "मानव" भी हो।

प्रकृतिः एक प्रार्थना सी

क्या तुमने देखा है वृक्षों का अनूठा गणित?
जड़ें —
अंधकार में
प्रकाश की संभावनाएँ बोती हैं,
और शाखाएँ —
हर फूल से
एक प्रार्थना उगाती हैं।

बादल कभी मरते नहीं —
वे बस
भीतर उतर आते हैं,
ओस बनकर
या किसी प्याले की भाप में।

दिन और रात की
आपस में एक मौन सुलह है,
दिन सारी रोशनी समेट लेता है,
रात सारा अँधेरा ढो लेती है।

पत्थर भी
सुनते हैं समय की भाषा
वे चुपचाप घिसते हैं

हमारे पैरों की अनकही कहानी
सुनने के लिए ।

प्रकृति
हर क्षण
एक कविता रचती है,
हम बस
उसे पढ़ना भूल जाते हैं।

असुविधाजनक स्त्री

स्त्री ने पढ़ना शुरू किया —
किताबों के पन्ने खुले
तो केवल अक्षर नहीं,
संभावनाओं के द्वार भी खुल गए।

अब वह चल रही है
ज्ञान की उस राह पर,
जहाँ हर मोड़ एक नया प्रश्न है
और हर उत्तर एक नया द्वंद्व।

वक़्त बदला है —
संभावनाएँ आई हैं —
पर बोझ की परतें भी गहरी हुई हैं।

शोषण के जाल अब बदल चुके हैं —
उसके नाम बदल चुके हैं
वह छिपा है
कंपनियों की विनम्र भाषा में,
नीतियों के सूक्ष्म फंदों में,
और समाज की सुसंस्कृत उम्मीदों के बीच
जो मुस्कुराते हुए सीमाएँ खींचती हैं।

अब उसकी लड़ाइयाँ
अख़बारों की सुर्ख़ियों से ज्यादा
चुपचाप लड़ी जाती हैं
मीटिंग रूम की टेबलों पर,
बायो डेटा की पंक्तियों में,
या उस साजिश में —
जब वह 'क़ाबिल' होते हुए भी
सूची से बाहर कर दी जाती है।

हमारे समय का
यह एक गहरा यथार्थ है —
कि पढ़ी-लिखी स्त्री
अब किसी को
कमज़ोर नहीं लगती...
बस असुविधाजनक लगती है।

तुम हो-मेरी अधूरी कविता

तुम मेरे भीतर हो—
जैसे धरती की नमी में
किसी अदृश्य जड़ की सांस,
जो सतह पर कभी न दिखे,
पर जिसके बिना
एक भी पत्ता
हरा नहीं हो सकता।

मैंने तुम्हें कभी चूमा नहीं,
पर हर साँझ,
जब हवा तुम्हारा नाम
धीरे से मेरे कान में रख देती है,
मेरे होंठ अनायास
भीग उठते हैं।

मैं तुम्हें बाँधना नहीं चाहता—
तुम मेरी स्मृति में
वैसे ही बहती हो,
जैसे सागर की लहरें
चुपचाप अपने किनारों को
रोज़ चूम जाती हैं।

तुम हो—
इसलिए मैं हूँ
और यही है वह कविता
जिसे मैं हर दिन लिखता हूँ,
पर जो कभी पूरी नहीं होती।

शिखर का अकेलापन

बहुत पहले
उसने ऊँचाई को
एक रोशनी की तरह देखा था
उसे यक़ीन था
कि जो ऊपर है,
वहीं सबसे सुंदर है।

वह चढ़ता गया
ऊपर.. ऊपर और ऊपर
लेकिन हर ऊंचाई पर
कुछ न कुछ पीछे छूटता गया
कुछ आवाज़ें
खिड़की से झाँकती कुछ शामें
और वह हथेली भी
जो चुपचाप उसके साथ चला करती थी।

और जब वह
सबसे ऊपर पहुँचा—
तो पाया कि
सब कुछ धुंध में
धीरे-धीरे खो चुका है।

वहाँ
न कोई दृश्य था,
न कोई प्रतिध्वनि—
केवल एक निस्संग सन्नाटा,
जिसने कहा—
मनुष्य जिस शिखर को
सबसे ऊँचा मानता है,
वह प्राय:
सबसे अकेली जगह होती है।

धीरे से धूप होना

तुम्हारे साथ रहकर
मैंने जाना कि सुबह की पहली रोशनी
सिर्फ सूरज से नहीं,
कभी-कभी तुम्हारी आँखों से भी निकलती है।

तुम्हारे साथ रहकर
मैंने जाना—
कि प्रेम,
केवल बाँहों में समा जाना नहीं,
बल्कि अपने भीतर की
सदियों पुरानी रात का
तुम्हारी ख़ामोशी से
धूप में बदलते देखना है।

तुम्हारे साथ रहकर
मुझे यक़ीन हुआ—
कि यह दुनिया
उतनी ही निर्दोष है
जैसे कोई बच्चा
पहली बार मुस्कुराता है।

तुम्हारे साथ रहकर
मैंने देखा कि
घृणा की आँखें नींद से भारी थीं,
और प्रेम
हर सुबह
नए कपड़े पहनकर
दरवाज़े पर खड़ा रहता था।

फूलों का खिलना

कभी-कभी लगता है,
फूल वहीं नहीं खिलते जहाँ मिट्टी होती है —
वे उगते हैं किसी भूली हुई स्मृति में,
जहाँ हम आख़िरी बार
किसी से सच बोलकर लौटे थे।

कुछ फूल
राहों के किनारे
चुपचाप जन्म लेते हैं —
बिना नाम, बिना पहचान।

वे कुछ नहीं माँगते —
न साथ, न सराहना,
बस इतनी-सी स्वीकृति
कि दुनिया में अब भी
कुछ चीज़ें ऐसी हैं
जो केवल अपने 'होने' मात्र से
मनुष्य होने की याद दिलाती हैं।

पवित्रता की सावधानी

यात्राएँ करो
पर किसी को मत बताओ
लोग दिशाओं पर शक करते हैं।

खूब प्यार करो
लेकिन अपने प्यार को
छुपा कर रखो...
लोग पवित्र चीजों को
संदेह की नज़र से देखते हैं।

अपनी खुशी को
ध्यान की तरह जियो।
वरना लोग उसे
वजहों में बाँध देते हैं।

किताबें पढ़ो,
पर ज्ञान को
तर्कों की नीलामी में मत उतारो।
किताबों की कुछ पंक्तियाँ
सिर्फ़ महसूस करने के लिए होती हैं,
सिद्ध करने के लिए नहीं।

लोगों की आदत है
वे सुंदर चीज़ों से डरते हैं

उन्हें बर्बाद कर देते हैं
या अपनी सीमित समझ में
कैद कर देते हैं।

इसलिए —
कुछ बातें कहो,
सिर्फ अपने आप से।
कुछ रिश्ते जियो,
जिन्हें सिर्फ
तुम्हारी आत्मा पुकारती हो।

और
कभी–कभी बेवजह
कुछ गुस्ताखियां करो
जिसका कोई गवाह न हो
सिवाय तुम्हारे।

कोमलता का मूल्य

हम ठहरते हैं
उन मोड़ों पर
जहाँ कोई नहीं रुकता।

जहाँ कोई बिखरता है—
हम पहले झुकते हैं,
बिखरी हुई साँसों को
अपनी हथेलियों में सहेजने।

हमें अब भी लगता है —
मनुष्य होना
कोई पुरानी सभ्यता नहीं,
बल्कि
इस समय की सबसे ज़रूरी ज़िम्मेदारी है।

लेकिन हमारी सरलता —
लोगों को अक्सर एक सुविधा लगती है,
जैसे किसी सूखे मौसम में
बिना माँगे बह उठे कोई झरना —
जिससे लोग भर लें अपने–अपने पात्र
बिना यह सोचे
कि हर बूँद
हमारे भीतर की कोमलता से निकली है।

और तब, धीरे-धीरे,
हमें यह समझ में आने लगता है कि
दया, करुणा, सहयोग
इनका कोई टैग नहीं होता
ये चीज़ें
बाज़ार में नहीं चलतीं
चलती हैं बस
संदेह, लाभ और चतुराई।

और जो नहीं बिकता—
वह पहले मज़ाक बनता है,
फिर बोझ,
और फिर—
एक बेवकूफ़ी।

इसीलिए
अक्सर हमें लगता है
कि हम नहीं
हमारी सरलता लूटी गई।

सब ठीक हो जाएगा।

दुख की सबसे कठिन घड़ी में
हम बस इतना ही कह पाते हैं—
"सब ठीक हो जाएगा,"
जैसे तूफ़ान के बीच
कोई धीमा दीपक
थोड़ी देर और जलता रहे।

'सब ठीक हो जाएगा' कहना
न कोई वादा है
न कोई प्रमाण
बस एक पुराना शब्द
जो किसी के टूटने से पहले
थाम लेता है कोई सिरा, कोई छोर,
जिससे जीवन अब भी बँधा रह जाए।

यह उस क्षण की भाषा है,
जब अस्पताल की मशीनें
संवेदना से ज़्यादा ताकतवर होती हैं,
फिर भी—
कोई हाथ किसी हाथ को थामे
धीरे से कहता है:
"सब ठीक हो जाएगा।"

यह कहना
इसलिए जरूरी नहीं कि
यह सच है,
बल्कि इसलिए
कि कुछ जीवन
सिर्फ़ इस कहे जाने से
बचे रह जाते हैं।

यह कहना—
किसी बिखरे हुए मनुष्य के भीतर
एक भूली हुई पुकार को
धीरे से छू लेना है
उसे याद दिलाना है कि
अब भी उसकी साँसों में
एक धीमी लेकिन ज़िद्दी लौ जल रही है
कि वह अब भी मनुष्य है
अपने टूटे हुए विश्वास में
और उस पीड़ा में भी
जहाँ वह अब भी
किसी चमत्कार की
उम्मीद कर सकता है।

"सब ठीक हो जाएगा"—
कभी यह एक वाक्य
किसी बच्चे की टूटती साँस में
माँ की हथेली बनकर उतरता है,
कभी यह एक स्मृति बनकर

किसी की बूढ़ी आंखों में
किसी प्रिय की परछाईं लौटा लाता है।

और कभी-कभी—
यही एक धीमा, काँपता स्वर
किसी की अन्तिम साँस में
इतनी जगह बना जाता है
कि मृत्यु भी उसे
पूरी तरह छू नहीं पाती।

व्योम के उस पार

मैं सोचता हूँ,
क्या इस आसमान के पार
कोई और दुनिया साँस लेती है?

जहाँ बादल
बूंदों में नहीं, यादों में बरसते हैं—
धीमे–धीमे, मद्धम
जैसे कोई भूली बात
अचानक लौट आए,
और बिना आवाज़ किए
किसी पुराने ख़्वाब-सा ओझल हो जाए।

क्या वहाँ भी चाँद है?
या कोई लड़का
हर रात अपनी खिड़की से
उसे देखता है
उसी ताज्जुब, उसी तन्हाई में
जिसमें मैं देखता हूँ?

क्या वहाँ भी सितारे
किसी की प्रार्थना बनकर
दूर किसी के दिल में टिमटिमाते हैं?

कभी लगता है,
यह पृथ्वी अकेली नहीं है
कहीं कोई और धरती भी है,
जहाँ कोई बैठा है मेरी तरह
सवालों में खोया,
मौन में डूबा,
बस भाषा का रंग अलग है।

या शायद
हम दोनों एक ही मौन को
दो अलग _अलग भाषाओं में
महसूस कर रहे हैं...।

टूटना भी एक संभावना है

संध्या की थकी पलकों पर
काँपता है एक नन्हा सपना,
जो चुपचाप
सुबह की रोशनी में ढल जाता है।

सूनी डालियों पर भी उतरते हैं परिंदे—
थमते हैं थोड़ी देर
फिर वहीं से चुनते हैं
उड़ान की अगली दिशा।

जब मन दरकता है,
तो वह केवल बिखरना नहीं होता—
उसी क्षण
भीतर की कोई आदिम ध्वनि
पहली बार आकार लेती है—
जो अब तक मौन थी।

जो छायाएँ तुम्हें घेरती हैं,
उन्हीं की परतों में
चुपचाप घुला होता है
प्रकाश का पहला स्वाद।

टूटन कोई अंत नहीं —
एक नई यात्रा का आरंभ है
जहाँ बिखरे हुए स्वप्न
धीरे-धीरे
फिर से आकार लेने लगते हैं।

प्रेम में झूठ

कभी-कभी प्रेम में
झूठ बोला जाता है—
जैसे बच्चे को सुलाने के लिए
कहा जाता है—
"देखो, चाँद तुम्हें देख रहा है..."
जबकि चाँद किसी को नहीं देखता,
वह तो बस जलता है—
निःशब्द, निरपेक्ष।

प्रेम में झूठ
हर समय नहीं,
पर तब बोला जाता है
जब सच की धार
प्रेम के कोमल फूल को
काटने के लिए आतुर हो।

कभी-कभी
शब्दों में सच कम,
करुणा अधिक रखनी पड़ती है—
क्योंकि कुछ भावनाएँ
सिर्फ सच्चे शब्दों से नहीं,
मुलायम भ्रम से भी ज़िंदा रहती हैं।

जब मैंने तुमसे कहा—
"तुम चले जाओ, मुझे फर्क नहीं पड़ता,"
तो वह कोई सच नहीं था,
बल्कि एक पल के लिए मैंने
अपने भीतर एक ब्रह्मांड जलाया था,
ताकि तुम उजाले में रहो।

प्रेम में कभी–कभी बोला गया झूठ
अपराध नहीं होता
वह एक क्षणिक असत्य होकर भी
करुणा की लंबी उम्र पा लेता है
शास्त्र इसे न माप सकते हैं,
न तर्क इसे बाँध सकते हैं—
पर एक प्रेमी की आत्मा
इसे हर जन्म में पहचान लेती है।

अर्थहीनता का रस

मेरे भीतर
एक अजीब,धीमी-धीमी जलती हुई उदासी है
यह न तो कोई प्रश्न है,
न किसी उत्तर की संभावना
बल्कि एक सन्नाटा है
जो भीड़ के बीच भी
अपने अदृश्य पंख फैलाकर
मेरे कंधों पर उतर आता है
और कभी–कभी अपनी गूंज से
मेरी नींद तोड़ देता है।

यह उदासी
किसी दुखद घटना की स्मृति नहीं
न भविष्य की कोई चिंता है
यह उदासी मेरी आत्मा की भीत में
उग आई एक बारीक दरार है,
जहाँ से टपकता रहता है
अर्थहीनता का रस।

कभी–कभी सोचता हूँ—
क्या यही जीवन है?
या समय के हाथों लिखी

एक लंबी, अपूर्ण कविता,
जो केवल प्रतीक्षा का नाम जानती है
और अपने अंत से अनभिज्ञ है?

जब भी पूछता हूँ,
प्रश्न हवा में खो जाते हैं—
उत्तर अपने ही छायाचित्र बनकर
मेरे सामने खड़े रहते हैं।

हर सुबह
मैं खुद से एक नई लड़ाई लड़ता हूँ;
और हर रात
अपनी हार को
बिना शोर मचाए
स्वीकार कर लेता हूँ।

शायद यही अंतिम सत्य है—
हम सभी अधूरे हैं,
अपने ही मन के भूलभुलैया में
एक खोए हुए यात्री की तरह
जिसके पास कोई मानचित्र नहीं,
सिर्फ अपने पदचाप की प्रतिध्वनियाँ हैं।

पहाड़ से मेरा रिश्ता

मैं समतल धरती का आदमी था—
जहाँ दूर तक फैले खेतों में
केवल रेखाएँ थीं, कोई रहस्य नहीं।
फिर एक दिन
जीवन की पगडंडी
अचानक मुड़ी
और मैं पहाड़ों में आ गया।

यहाँ पत्थर बोलते हैं
हर मोड़ पर कोई घाटी
अपना मौन तोड़कर
मेरे भीतर उतर आती है।

यहाँ मैंने जाना —
कि तीखे ढलानों से उतरना
केवल गुरुत्व की बात नहीं
बल्कि अपने भीतर
संतुलन साधने की
एक मौन कला है।

अब पहाड़ मेरी साँसों में बसते हैं
इनकी नम हवा

मेरे विचारों को चुपचाप सहलाती है
और मैं
हर सुबह अपने भीतर
किसी नए अर्थ का बीज बो देता हूँ ।

कभी-कभी लगता है
मैं यहाँ पहले भी था
शायद किसी पुराने देवदार की जड़ में
या किसी घाटी की तलहटी में
मेरा अतीत
किसी स्मृति की तरह पड़ा था।

अब जब भी कोई पूछता है मेरा पता,
मैं बस मुस्कराकर
उस ओर इशारा करता हूँ —
जहाँ आकाश
पहाड़ों से लिपटकर सो रहा होता है।

पहचान का बोझ

जब मैं अजनबी था
दुनिया के लिए —
तब मैं अपने लिए पूरा था
अपनी असफलताओं,
अपने एकांत,
और अपनी खामोशियों में।

फिर नाम हुआ —
लोगों ने मेरी ओर देखना शुरू किया,
इतनी देर और इतनी बार,
कि मेरी दृष्टि
अपने ही भीतर से हटकर
उनकी आँखों के शीशे में कैद हो गई।

अब मैं
प्रसिद्धि का एक स्वर हूँ —
जिसे बहुसंख्यक पहचानते हैं,
मेरी बातों पर ताली बजाते हैं
पर भीतर कहीं
अब भी गूंजता है
वह अनसुना गीत
जो मैंने
एक अधूरी रात में
सिर्फ अपने लिए गाया था।

अब कोई नहीं पूछता

अब कोई नहीं पूछता —
तुम्हारे घर में
हवा आती है या नहीं?
बच्चे मैदान में खेलते हैं
या मोबाइल में गुम हैं?

अब कोई नहीं पूछता —
कितने आदमी
आज सही-सलामत
काम से लौटे?
और कितनों ने
भीड़ में
अपना नाम खो दिया?

सड़कें बनती हैं —
हर साल, हर जगह,
पैदल चलने की जगहें
लगातार कम होती जा रही हैं।

हर चौराहे पर
एक नया पोस्टर है —
"यह प्रगति है!"

पर उस पोस्टर के नीचे
कोई भूखा बैठा हुआ है।

हम टीवी पर
बहसें सुनते हैं —
देश बड़ा हो रहा है!
जी.डी.पी बढ़ रही है!
पर कोई नहीं बताता
कि आदमी
हर दिन
थोड़ा और छोटा क्यों होता जा रहा है?

आखिर कविता क्या है?

कविता क्या है?
एक मौन —
जिसमें चुपचाप
फूल उगते हैं,
चाँदनी उतरती है,
और एक सपना जन्म लेता है
इस दुनिया को
थोड़ा और सुंदर बनाने का।

कविता —
जिसके शब्द
आँखों में रंग घोलते हैं,
मन में ऋतुएँ बोते हैं,
और उस जगह तक पहुँच जाते हैं
जहाँ सिर्फ तर्क की नहीं,
संवेदना की भाषा बोली जाती है।

कविता —
जो थके दिनों की चौखट पर
सपनों की एक उजली सांस छोड़ दे,
ताकि अँधेरा
अपने ही भीतर डूब जाए,
और सुबह
हर बार नए जीवन की गंध लेकर लौट आए।

सच्चा मित्र

सच्चा मित्र
वे नहीं —
जो अट्टालिकाओं में
तुम्हारे नाम के साथ उठते हैं
जो जाम या जश्न में
तस्वीरों के कोनों में तुम्हारे साथ
अपनी मुस्कान चिपका लेते हैं।

सच्चा मित्र
वह होता है —
जो तुम्हारी चुप्पियों को सुनता है
और उस पल भी तुम्हारे पास होता है
जब तुम —
ख़ुद से भी दूर होने लगते हो।

वह हर सुख– दुख में तुम्हारे
पास बैठा रहता है,
जैसे एक दीपक
आँधी के बीच भी
अपने उजाले पर अडिग हो।

सच्चा मित्र
तुम्हारी खुशियों को

अपने भीतर ऐसे रोपता है,
जैसे बीज बो रहा हो —
अपनी ही खुशियों के ।

और जब दुख आता है —
वह बाँह नहीं पकड़ता,
कंधे नहीं थपथपाता,
बस तुम्हारे साथ खड़ा होता है,
किसी नींव की पत्थर की तरह
जो दिखाई नहीं देता
लेकिन संभालता है पूरा घर।

और...जब पूरी दुनिया
तुम पर उंगली उठाती है,
तब वही एक चेहरा
तुम्हारी ओर देखता है
जैसे कह रहा हो —
"मैं जानता हूँ तुम कौन हो...
और ये काफ़ी है।"

सच्चा मित्र सिर्फ
वर्तमान की सुविधा नहीं,
भविष्य की आश्वस्ति भी है
वह कहीं दूर भी चला जाए,
तब भी उसकी स्मृति
एक भरोसे के दीये की तरह
भीतर जलती रहती है।

सच्चा मित्र
न तुम्हें बदलने की कोशिश करता है,

न तुम्हें साबित करने के लिए कहता है
वह तुम्हारी असफलताओं में
तुम्हारा सबसे स्थिर हिस्सा बना रहता है।

और अंत में—
सच्चा मित्र वह होता है
जो तुम्हें उस समय याद आता है
जब तुम पूरी दुनिया भूल जाना चाहते हो।

मैं जीवन चुन लूंगा

अगर एक दिन सब छिन जाए—
घर की छत,
जेब की गर्मी,
और आँखों की उम्मीद—
तब भी मैं रुकूंगा नहीं
मैं लौट जाऊँगा
मिट्टी के उसी मौन में
जहाँ जड़ें साँस लेती हैं—
और वहीं से
फिर एक कोमल पत्ती बन
आकाश की ओर हाथ बढ़ाऊँगा।
मैं जीवन चुन लूंगा।

अगर कोई मेरा नाम मिटा दे—
रिश्तों से, पहचान पत्र से,
हृदय की स्मृति
और वाणी के स्पर्श से भी
तो भी मैं एक चुप्पी में
अपनी पहचान बो दूँगा ।
कभी किसी बच्चे की हँसी में
या किसी झोपड़ी के चूल्हे की आँच में
मैं फिर से अपने होने का सबूत रख दूँगा।
मैं जीवन चुन लूंगा।

अगर एक दिन
शब्द थक जाएँ
और दुनिया चुप हो जाए—
तो मैं वृक्षों की हरियाली से बात करूँगा,
नदी की धार से
कोई भूली कथा सुनूँगा,
और हवा के संगीत में
अपना उत्तर खोज लूँगा।
मैं जीवन चुन लूंगा।

अगर मुझे कुछ नहीं मिलेगा—
न काम, न दुआ, न सहारा,
तो भी मैं
धरती को प्रणाम कर
अपने पाँव उसके आँगन में रखूँगा,
और हर पदचिन्ह में
एक सपना अंकित करूँगा—
जैसे बीज चुपचाप
फूल बनने का प्रण करता है।
और मैं..
जीवन चुन लूंगा।

और जब सब कुछ खत्म लगने लगे—
रास्ते, रिश्ते, रोशनी—
तो भी मैं चुप नहीं रहूँगा।
मैं अपनी ही धड़कन को थपथपाकर कहूँगा:
अभी बहुत कुछ बाकी है—

थोड़ी साँस,
थोड़ी आग,
थोड़ा पानी,
थोड़ी ज़िद—
मैं हारा नहीं हूँ।

जब तक किसी कोने में
एक शब्द काँप रहा है,
जब तक मेरी हथेली में
थोड़ी गर्मी बाकी है,
जब तक आँख में
एक दृश्य टिक पाया है—
मैं हारा नहीं हूँ..
और मैं हरबार..
जीवन चुन लूंगा।

तुम्हारे बाद की चुप्पियाँ

उस दिन —
जब वह आयी थी,
मैंने उसका चेहरा नहीं देखा पहले,
मैंने सुनी उसकी साँसें —
थोड़ी तेज़,
जैसे वह चलकर आई हो
किसी पुराने शहर की संकरी गलियों से।

हम बैठे थे —
पुरानी लकड़ी की कुर्सी पर
और दोपहर की मुलायम धूप के बीच

मैं कुछ कहना चाहता था —
पर जो कहना था,
वह इतना मामूली,
इतना साधारण था
कि चुप रह जाना
ज़्यादा ईमानदार लगा।

वह मुस्कुराई
और उसकी एक मुस्कान में
जैसे पूरा मौसम

थोड़ी देर के लिए ठहर गया।
वह विदा नहीं था —
एक सुंदर ठहराव था,
जैसे शाम के बादल
सिर्फ देखने के लिए रुके हों।

हमने
उन पलों को
बिलकुल वैसे जिया,
जैसे बच्चे
रेत में घर बनाते हैं —
यह पता होते हुए भी
कि बारिश आएगी।

वह चली गई —
जैसे कोई कविता
पढ़कर रख दी जाती है,
पर उसकी कोई एक पंक्ति
देर तक मन में गूंजती रहती है।

मैंने जाना कि जीवन
क्षणों को थामना नहीं जानता,
वह बस उन्हें छूकर
ख़ामोशी में गिरा देता है।

जब वह उठी —
तो कुर्सी की गर्मी
थोड़ी देर तक बनी रही,

और हवा में
उसके बालों की ख़ुशबू
किसी गीत के अंतिम अलाप
की तरह फैलती रही।

वह चली गई —
जैसे कोई सपना
सुबह की नींद के साथ
हल्के से पिघल जाता है
तकिये के एक गीले कोने में।

अब,
जब वह नहीं है —
मैं उसी एक मुलाक़ात को
हर रोज़ दोहराता हूँ,
जैसे कोई बूढ़ा आदमी
पुरानी चिट्ठियों पर
अपनी काँपती उँगलियों से
धीरे-धीरे
अपना गुज़रा हुआ जीवन पढ़ता है।

प्रेम के दो छोर

कभी-कभी चुपचाप
उतरता हूँ उन पुरानी सीढ़ियों से—
जहाँ एक मुस्कुराहट
मेरा नाम लेकर खिल उठती थी।

कॉलेज के वो दिन...
जब उसकी आँखों में
मेरे लिए एक पूरी दुनिया बसती थी।

उसने सिखाया था प्रेम करना—
बिना माँगे, बिना शर्त।
जैसे नदी छूती है
अपने किनारों को
सिर्फ प्रेमवश—
हर बार लौटकर।

अब जब उसका ज़िक्र करता हूँ
तो मेरी प्रेमिका
न चौंकती है,
न उलझती है किसी ईर्ष्या की गाँठ में
वह डूबकर सुनती है
मेरी प्रेम कहानियाँ
बहुत आत्मीयता से।

और फिर मुस्कुराकर कहती है—
"काश, एक बार मिल पाऊँ
उससे, जिसने तुम्हें
प्रेम किया और तुम्हें
इतना सुंदर बना दिया।"

वह देना चाहती है
मेरी उस प्रेमिका को
एक मौन धन्यवाद—
जिसका प्रेम
अब भी हमारे जीवन में
वसंत की तरह लौटता है।

और शायद एक दिन
जब वे दोनों मिलें
तो मैं देखता रह जाऊँगा
उन दो जोड़ी आँखों को,
जिन्होंने मुझे
प्रेम में पूर्ण किया।

कितना उदार होता है प्रेम—
जब वह अपनी सीमाओं में नहीं,
अपनी सहमति में जीता है
जब वह किसी को बाँधता नहीं,
बल्कि बहता है...
एक हृदय से दूसरे तक,
एक जीवन से
दूसरे जीवन तक।

मेरी नानी

मेरी नानी
तुम्हें देख
मुझे लगता है —
ईश्वर कहीं आकाश की ऊँचाई में नहीं,
बल्कि यहीं धरती पर रहता है —
रसोई की चटाई पर,
जहाँ तुम्हारे घुटनों के पास
हर सुबह सूरज की एक कोमल किरण
आकर बैठ जाती है।

वह ईश्वर,
तुम्हारी उँगलियों की थाप में धड़कता है,
जब आटे में पानी मिलाते हुए
तुम उसमें अपने अनुभव की नरमी
और अपने प्रेम का स्वाद
एक साथ गूँथ देती हो।

नानी...
तुम कोई उपमा नहीं,
तुम खुद एक जीवित प्रार्थना हो
तुम्हारे चेहरे की झुर्रियों में
बीते वर्षों की चुपचाप कही गई कहानियाँ हैं,

जिनमें धैर्य, क्षमा और प्रतीक्षा
सब एक साथ निवास करते हैं।

नानी...
तुम उस प्राचीन बरगद की तरह हो
जिसकी जड़ों में
पीढ़ियों की थकान सो जाती है
और जिसकी छाँव में
दुनिया की कठोरता भी
कुछ देर के लिए अपनी धार छोड़ देती है।

नानी...
तुम्हारे बिना यह घर
सिर्फ दीवारों और छत का ढाँचा होता
पर तुम्हारे कारण
इन ईंटों में सांस है,
इन कमरों में धड़कन है,
और हर कोने में
ममता की धूप टँगी हुई है।

नानी...
तुम्हारे भीतर
एक जिंदा ईश्वर बसता है,
जो आरती के दीप से नहीं,
बल्कि तुम्हारी धीमी चाल,
तुम्हारी मुस्कान
और तुम्हारे हाथ की बनी रोटियों से
अपना आशीर्वाद देता है।

और जब तुम थककर
दलान की चौकी पर बैठ जाती हो,
तो मुझे लगता है —
यही है सृष्टि का सबसे शांत क्षण,
जहाँ समय ठहर जाता है,
और ईश्वर,
तुम्हारे रूप में
मेरे सामने बैठा होता है।

प्यारी बिटिया के लिए

प्यारी बिटिया
हमारे घर की रौनक है।

पिता की गोदी में चढ़कर
वह ब्रह्मांड को आलिंगन में ले लेती है
और ऐसा लगता है जैसे
दुनिया थोड़ी और सुंदर हो गई हो।

मुझे वह "चाचू" कहती है,
और मुझसे बतियाते हुए
एक ऐसी दुनिया रचती है
जहाँ सिर्फ़ कहानियां और सपने हैं।

वह सिर्फ बच्ची नहीं —
एक प्रार्थना है
जो हमारी
साँसों में गूँजती है।

और जब वह हँसती है,
तो लगता है —
जैसे ईश्वर
एक क्षण के लिए
अपने होने की बात
उसकी हंसी से कह रहा हो।

जेब में रखी दुनिया

जेब में एक दुनिया रखी है
बस, इतनी-सी जगह में —
एक स्क्रीन, और सारा संसार उसमें।
रिश्ते बोलते हैं अब
बटन दबाते ही,
लेकिन...
आँखों की नमी छू नहीं पाते।

सुबह की रूहानी छाया अब नहीं आती,
ना माँ की मीठी पुकार,
ना खिड़की से उतरती सोने सी धूप।
नींद टूटती है एक ठंडी नीली रौशनी के थपेड़े से,
नींद अधूरी रह जाती है,
सपने बिखर जाते हैं—
क्योंकि पलकों पर
टिकी रहती है एक मोबाइल स्क्रीन की चादर।

सड़क पर चलते हुए
हर दूसरे पल हम टकराते हैं —
नोटिफिकेशन से, स्क्रीन से,
"अरे यार, एक सेकंड" कहती दुनिया से।

हर चेहरा झुका है स्क्रीन पर
जैसे कोई गुमशुदा आत्मा
गूगल मैप पर
अपना रास्ता ढूँढ़ रही हो।

पहले...
यह एक पुल था —
दूरियों और रिश्तों को जोड़ता हुआ।
अब...
दीवार बन गया है।
करीब बैठे लोग
कुछ ही देर के बाद
सबसे ज़्यादा दूर लगने लगते हैं।

अब तो...
"लाइक" का नंबर बताता है
हम कितने पसंद किए गए,
"कमेंट" से तय होती है
हमारी अहमियत, हमारी खुशी।
"व्यूज़" गिनकर
हम अपने सपनों की कीमत लगाते हैं।
ज़िन्दगी अब
अनुभवों से नहीं,
सूचनाओं की बुनाई से चलने लगी है ।

काश...
कभी ये जेब में रखी दुनिया
थोड़ी थक जाए,

थोड़ी चुप हो जाए —
और हम
फिर से
किसी की आँखों में
एक पूरी दुनिया देख सकें

अनकहा प्रेम

मैंने नहीं कहा,
तुमने भी नहीं—
पर कुछ था
जो साँसों के बीच
कठोर चुप्पियों में भी
बहता रहा।

हम मिले नहीं
पर समय की एक ही धारा में
बहते रहे—
दो किनारे,
जिन्हें छूने की
बेताबी किसी को नहीं थी।

प्रेम था—
शब्दहीन, आग्रहहीन—
जैसे किसी पहाड़ी झरने के पास
बैठे दो पथिक
पानी नहीं पीते,
बस उसकी ध्वनि में
एक दूसरे को सुनते हैं।

मुझे चाहिए वह नारी

मुझे चाहिए वह नारी
जो तम को छूकर
उजाले की ज्वाला रचे,
दीवारों पर सूर्य उकेरे —
अपने ही तेज से!
जो प्रश्नों की नोक से
झूठ के छलनों को चीर दे।

मुझे चाहिए वह नारी
जिसकी ममता
सिंधु से भी गहरी हो,
और जो सिर्फ करुणा से नहीं,
बलिदान से भी प्रेम करे।

वह, जो सिर्फ कविता न पढ़े —
कभी–कभी खुद भी
कविता बन जाए!

मुझे चाहिए वह नारी
जो उड़ती हो,
तो नभ भी लज्जित हो —
पर उसके पाँव
धरती के स्वप्नों में रचे रहें।

मुझे चाहिए वह नारी
जो झंझावातों में
वटवृक्ष बन खड़ी हो,
जिसकी जड़ें
स्मृतियों की मिट्टी में गहरी हों,
और शाखाएँ
भविष्य के सूर्य से बातें करें।

मुझे चाहिए वह नारी
जो
पानी जैसी कोमल हो —
मगर...
स्वाभिमान में
हीरे जैसी कठोर।
जो बहे तो शिला काटे,
जो ठहरे तो सागर हो जाए।

मुझे चाहिए वह नारी
जो एक जीवित विद्रोह हो —
जिसे लज्जा नहीं,
गरिमा ढकती हो।

मुझे चाहिए वह नारी
जिसे युगों ने
दबा देना चाहा,
पर वह
हर बार

नवजागरण बनकर
खड़ी हो गई।

नारी सिर्फ नारी नहीं
वह सृष्टि है, स्वत्व है,
वह भविष्य की आँखों में
उजास है।

नारी
अपने टूटने से नहीं,
अपने जागने से
इतिहास रचती है।

वे जो गीत बनकर लौटते हैं

जो नहीं गा सकते
प्रेम के गीत —
वे कभी नहीं सुन पाते
ईश्वर की सबसे सुंदर भाषा।

जिनकी साँसों में
अंत तक थरथराती रहती है
प्रेम के गीत की कोई धुन,
सिर्फ़ वही जानते हैं
उस शक्ति को
जो मृत्यु को भी
रोक लेती है।

ऐसे लोग—
जिनकी आत्मा प्रेम के गीत से सजी होती है—
जब वे विदा लेते हैं धरती से
तो परियाँ उन्हें ओस की तरह
अपने आँचल में समेट लेती हैं।

वे चुपचाप
प्रेम से भरती हैं उन्हें,
और फिर भेज देती हैं धरती पर—

ताकि वे फिर से गा सकें
प्रेम के गीत।

लेकिन जो
कभी नहीं गाते प्रेम के गीत
जो नहीं सुनते
अपने ही भीतर की गूंज,
वे खो जाते हैं
अधूरी चुप्पियों की
भटकी हुई प्रेत–छाया में।

वे नहीं लौटते धरती पर
क्योंकि परियाँ जानती हैं,
इस दुनिया को चाहिए वही आत्माएँ
जो प्रेम कर सकें,
जो टूटी दीवारों पर
प्रेम के गीत टाँक सकें।

मासूमियत चली गई

वे भी क्या दिन थे...
जब चाक की लकीरें
सरहद बन जाती थीं,
और कंचों में चमकते थे
जीत के छोटे-छोटे सूरज।

दादी की कहानियाँ हमारी
नींद की देहरी पर बैठती थीं
जिन्हें सुनते–सुनते
हम चाँद की छत तक
चुपचाप चल पड़ते थे।

बरसात के मौसम में
कीचड़ में सजती थी
हमारी एक छोटी सी दुनिया
जहां हम भीगे घुटनों से
अपनी दुनिया की कहानियाँ कहते थे।

लेकिन धीरे धीरे
यह सबकुछ
पीछे छूटता गया
जैसे कोई स्टेशन

दूर होता गया हो
बिना हाथ हिलाए।

हमने दस्तक दी
एक नई दुनिया के दरवाज़े पर —
जहाँ आँगन नहीं
चिकने फ़र्श थे।

कहानियाँ
अब धड़कनों की जगह
हेडफ़ोन से निकलने लगीं
पेड़ अब छाया की जगह,
बन गए फिल्टर —
और दोस्त
सिर्फ़ स्क्रीन पर
"ऑनलाइन" दिखने लगे।

हमने टैब पकड़े —
पर खिलौने भुला दिए
बच्चों को सिखाई स्मार्टनेस,
पर मासूमियत
बिना अलार्म दिए,
चुपचाप चली गई।

काश...
कोई ऐसा ऐप होता
जो मासूमियत रीस्टोर कर सकता
काश...
कभी एक नोटिफिकेशन आता —
"बचपन लौट आया है..."।

मनुष्य गढ़ने की साधना

शिक्षक होना —
सिर्फ़ पाठ्यपुस्तक खोलना नहीं,
बल्कि जीवन के अनकहे पन्नों पर
प्रकाश की पहली रेखा बन जाना है।

शिक्षक होना वह साधना है —
जहाँ बच्चों की खामोशी सुनी जा सके,
और उनकी आँखों में बसे भय को
ममता की गुनगुनी धूप से
धीरे-धीरे पिघलाया जा सके।

शिक्षक होना —
सूखे काग़ज़ पर बारिश की पहली बूँद होना है
जहाँ ज्ञान केवल शब्द तक सीमित न रहे,
बल्कि प्रेम बनकर
हृदय की दरारों को भर दे।

शिक्षक होना —
गिरने से पहले सहारा,
उठने के बाद विश्वास,
और सपनों के लिए वह क्षितिज खींचना है
जो कक्षा की दीवारों से परे
अनंत आकाश तक फैला हो।

शिक्षक होना —
हर बालक में एक सम्पूर्ण मनुष्य तलाशना है,
और उस मनुष्य के भीतर
धीरे-धीरे एक नई दुनिया गढ़ना है —
कभी मौन साधना-सा,
तो कभी सहज मुस्कान-सा।

शिक्षक होना —
माँ के स्पर्श की गर्माहट,
पिता के विश्वास की ठोस नींव,
मित्र की हँसी की उन्मुक्तता,
और ऋषि के धैर्य की गहराई होना है,
जिसे समय कभी थका नहीं सकता।

शिक्षक होना —
इमारतें खड़ी करना नहीं,
मनुष्य गढ़ना है।
क्योंकि इमारतें ढह जाती हैं —
पर एक सुंदर मनुष्य,
युगों-युगों तक
धरती को सुंदर बनाए रखता है।

चौखट पर अटकी डोर

कभी स्कूल की घंटी से भागकर
खेतों की धूप में खेलते थे हम
आज धूप से बचने के लिए
ए. सी. के कमरे में खुद को समेट लेते हैं।

पापा ने कहा था—
"पढ़-लिखकर बड़ा आदमी बनना,"
पर यह नहीं बताया था कि
बड़े आदमी की जेब में
छोटे-छोटे सपने रखकर
हम अपनी ही मिट्टी से
कितने दूर हो जाएंगे।

हमने तो बस किताबें पढ़ीं थीं,
यह नहीं जानते थे कि
डिग्रियों की चमक
हमारे पाँवों से कभी गाँव की धूल
झाड़ देगी।

अब घर जाना केवल कैलेंडर के लाल दिन हैं,
रिश्ते अब व्हाट्सऐप के नोटिफिकेशन,
और माँ की चिंता का जवाब—
"सब ठीक है... बस, थोड़ा काम है।"

यह विडंबना नहीं,
हमारी ही चुनी हुई जिंदगी है।

हमने रख दिया घर को
एक पुराने एल्बम की तरह,
जिसे हम छुट्टियों में खोलते हैं।

और जब दिवाली पर लौटते हैं,
तो लगता है—
गाँव ने हमारे इंतजार में
एक और झुर्री अपने माथे पर बटोर ली है..।

और हम—
जिन्हें लगता था आसमान छू लेंगे
आज गगनचुंबी इमारतों के जंगल में
अपने ही बचपन के
खोए हुए पतंग जैसे हैं...
जिनकी डोर कहीं
घर की चौखट से
उलझ कर रह गई है।

मौन का स्पर्श

वह एक क्षण
जैसे निस्तब्ध आकाश में
अचानक कोई सितारा टूट पड़ा हो
तुम्हारी आँखों से
मेरा मौन टकराया
और मेरे भीतर
एक अनदेखी रोशनी उतर आई।

कोई स्पर्श नहीं—
फिर भी
शरीर की गहराइयों में
एक अदृश्य वीणा
अपने आप गुनगुना उठी
मन के निर्जन घाट पर
लहरें अचानक नाच उठीं
जैसे कोई भूली हुई धुन
फिर से लौट आई हो।

क्या यह प्रेम था?
या वह सरल अनुभूति—
जब दो आत्माएँ
नाम और भाषा से परे

सिर्फ मनुष्य बनकर
एक-दूसरे को
पहचान लेती हैं,
और क्षण भर के लिए
सारा संसार
उनके बीच ठहर जाता है।

बरसात की बोरी

अब भी बरसात आती है —
पर मन के भीतर कुछ सूखा रह जाता है।

बूँदें गिरती हैं,
सड़कें चमक उठती हैं,
बच्चे उछलते हैं,
बहुरंगी छतरियाँ खुल जाती हैं।
अब सब कुछ —
कुछ ज़्यादा ही क्रमबद्ध दिखता है,
पर जीवंतता जैसे कहीं
धीरे-धीरे कम हो गई है।

मेरी स्मृति की किसी कोठरी में
अब भी टँगी है एक चीज़ —
हमारे समय की पुरानी बोरी।

हाँ, वही बोरी —
जिसे हम सिर पर धरते थे
किसी मामूली ताज की तरह।
जिसका खुरदुरापन
हमारी हथेलियों में उतर आता था,
और जो भीगकर

हमसे ज़्यादा
बरसात को ओढ़ लेती थी।

उसी बोरी में लिपटी रहती थीं
माँ की चिन्ताएँ,
किताबें,
और पिता की आँखों का
कोई बचा हुआ सपना।

उसकी सिलवटों से उठती थी
धूप की एक जानी-पहचानी गंध,
जो बारिश के बाद
खाट की डोरी पर
सावधानी से फैलायी जाती थी
सुखाने के लिए।

आज भी बरसातें आती हैं,
पर अब वह बोरी नहीं दिखती,
न वह निर्विकार भीगना —
जब बारिश की बूँदों में
मन का सारा भार उतर जाता था।

अब हम भीगने से पहले
छिप जाते हैं —
छातों के नीचे,
वॉटरप्रूफ़ जैकेटों में,
या घर की दीवारों के भीतर।
जैसे भीगना
अब एक कमजोरी हो।

लेकिन मेरी स्मृति की तार पर
अब भी झूल रही है
वह पुरानी, खुरदुरी बोरी —
जिसमें भीगने का साहस था,
जिसमें सपनों की नमी थी।

हर बरसात में
वह हल्के-से हिलती है,
जैसे किसी भूली हुई देह का स्पंदन।
और मैं खिड़की पर खड़ा सोचता हूँ —

बारिश से बचते-बचते
हम धीरे-धीरे अपने ही भीतर
सूखते चले गए।

मुलाक़ातें

मैं तुमसे नहीं मिला—
मैं अपनी ही प्रतीक्षा में था
जब तुम आए।

एक मौन ने
दो अकेलेपन को इस तरह बाँधा लिया
जैसे दो प्रार्थनाएँ
अलग-अलग दिशाओं से
एक ही ईश्वर तक पहुँची हों।

मुलाक़ातें
केवल संयोग नहीं,
वे भीतर घटती
किसी आकुलता का उत्तर हैं।

मुलाक़ातें
हमें नहीं ढूँढतीं,
हम उन्हें बोते हैं
अपने नितांत अकेले क्षणों में—
और वे, एक दिन,
किसी मुस्कान की तरह
फूल बनकर लौट आती हैं।

प्रेमी और शासक

शासक के पास सब कुछ होता है—
क़लम,
जो क़ानून बनाती है;
हस्ताक्षर,
जो मृत्यु सुनिश्चित करते हैं;
और सेनाएँ—
जो उसकी दृष्टि से दिशा पाती हैं।

प्रेमी के पास
न कोई तख़्त होता है
न कोई सेना होती है
फिर भी वह
किलेबंद हृदयों में प्रवेश कर जाता है,
बिना युद्ध किए।

प्रेमी कभी हारता नहीं,
क्योंकि वह युद्ध नहीं करता।
वह प्रतीक्षा करता है—
और प्रतीक्षा सत्ता की
सबसे सुंदर अवहेलना है।

शासक देता है—
सीमाएँ, भय और आदेश

प्रेमी रचता है—
स्वप्न, समर्पण और स्पर्श।
शासक के पास अस्त्र होते हैं
प्रेमी के पास करुणा।

प्रेमी की ताक़त
किसी को जीतने में नहीं,
बल्कि खोकर भी
पूर्ण बने रहने में है
वह टूटकर भी
किसी और को थामे रख सकता है।

वह स्मृति में कभी–कभी
उम्मीद के फूल की तरह
उग आता है—
उन कठिन राहों पर भी
जहाँ जीवन थमने लगता है।

प्रेमी फूल बोता है
सत्ताओं की राख पर।
उसके रचे सौंदर्य में
संसार हर बार
नवजीवन पाता है।

शासक मिट जाते हैं —
प्रेमी नहीं।

जीवन के शिल्पी

गुनगुनाहट...
फूलों पर गिरना...
रस चूसना,
पराग साथ ले जाना...

उनकी उड़ान में है
मीठे स्वाद की छाया,
श्रम का चमकता सोना,
और जीवन को सँजो लेने वाली
ममतामयी धड़कन।

मधुमक्खियाँ —
नन्ही शिल्पकारें प्रकृति की,
जो हर फूल पर
जीवन का एक नया अक्षर रचती हैं —
मौन में, श्रम में, माधुर्य में।

उनके पंख
एक मौन प्रार्थना की तरह हैं —
कि यह दुनिया
हमेशा सुंदर बनी रहे।

सौंदर्य का मृत्युलेख

एक चिड़िया थी—
आकाश की देह पर
अपने पंखों से कविता उकेरती,
हवा को अर्थ देती,
नीले सन्नाटे में
उन्मुक्तता का संगीत रचती।

पर उसी क्षण—
एक शिकारी
उसकी उड़ान नहीं,
उसके गिरने की दिशा देख रहा था।

एक मछली थी—
काँच में थिरकती एक रंग-बिंब सी
उसकी गति में
छिपी थी नदी की उदासी।

हमने उसकी छवि देखी,
पर जल के भीतर
उसकी अधूरी तृष्णा
नहीं पढ़ सके।

सौंदर्य कभी अकेला नहीं आता—
वह साथ लाता है
एक दृष्टि—जो मापती है उसे,
एक दीवार—जो बाँध लेती है उसे,
और एक चुप्पी—
जो सब जानकर भी मौन रहती है।

शायद यही सच है—
हर सुंदर वस्तु
एक दर्पण होती है,
जहाँ झलकता है
हमारा स्वामित्वबोध,
हमारी लालसाएँ,
हमारी हिंसा—
और वह क्षण
जब हम चुपचाप तय कर लेते हैं
कौन जीवित रहेगा,
और कौन—
बस हमारी आँखों की कैद में
एक 'स्थिर सौंदर्य' बनकर
टँगा रहेगा ।

ब्रेकिंग न्यूज से परे सच

वे बोलते हैं —
दिन-रात,
हर चैनल, हर स्क्रीन पर,
मानो शोर ही सत्य हो।

पर जो नहीं कहा जाता —
वही भीतर गूंजता है,
एक घुटी हुई चीख
जिसके पास
न कोई माइक है,
न कोई न्यूज़रूम।

सच —
अब कहीं कोने में पड़ा है,
धूल और उपेक्षा से ढका,
वह न हेडलाइन है,
न 'ब्रेकिंग न्यूज'
बस एक रद्दी फाइल,
जिसे कोई खोलना नहीं चाहता।

मीडिया —
अब दर्पण नहीं,

एक विकृत प्रोजेक्टर है,
जो सत्ता की छवियाँ
हमारे चेहरों पर चिपकाता है,
और हमें यक़ीन दिलाता है
कि यही हमारा असली चेहरा है।

सूचनाएँ —
अब विचार का द्वार नहीं,
वे नसों में घुलते इंजेक्शन हैं,
जो हमें प्रश्न करने के लिए नहीं,
सिर्फ़ विश्वास करने के लिए
तैयार करते हैं।

हम सोचते हैं,
हम देख रहे हैं —
पर सच यह है
कि हम देखे जा रहे हैं,
उन पर्दों से
जो धीरे-धीरे
हमारे भीतर
अंधेरा बोते हैं।

काशी

गंगा की वक्र देह पर
टिकी है काशी।

काशी—
सिर्फ़ एक नगर नहीं,
न सिर्फ़ भूगोल का बिंदु,
वह एक अन्त:करण है—
जहाँ जीवन और मृत्यु
एक ही मंत्र की
दो साँसें हैं।

यह वह भूमि है
जहाँ सूर्य
न उगता है, न डूबता—
बस आरती की लौ बनकर
हर संध्या
दीपशिखा-सा बहता है।

काशी—
एक चिरंतन ज्वाला,
जो मृत्यु के अंधकार में
प्रेम की तरह
धीरे-धीरे जलती रहती है।

यहाँ हर-हर महादेव
कोई उद्घोष नहीं,
एक आत्मानुभूति है—
जहाँ देह विलीन होकर
शुद्ध चेतना में बदल जाती है।

काशी वह है—
जहाँ विसर्जन
अंत नहीं,
अगली यात्रा का
सुगंधित आरम्भ है।

यहाँ मृत्यु
मुक्ति की याचना नहीं करती—
वह स्वयं
उत्सव बन जाती है।

जब बचपन सिसकता है

बस्तों के बोझ तले
धीरे-धीरे दबता जा रहा है बचपन।

हमने गढ़ लिया है शिक्षा का ऐसा मंदिर—
जहाँ न प्रार्थना की पवित्र ध्वनि है,
न जिज्ञासा की उजली किरण;
जहाँ बस भय की तपती धूप है,
और प्रतिस्पर्धा की भट्ठी में
कोमल बचपन
हर रोज़ थोड़ा और जल जाता है।

हर 'कमज़ोर अंक'
एक आजीवन दाग बन जाता है,
जिसे एक मासूम आत्मा
अपनी पूरी उम्र ढोती रहती है।

ज़रा देखो उस बच्चे को—
जिसके हाथों में बस
पचास प्रतिशत का पर्चा है,
या जिसकी पीठ पर
'अनुत्तीर्ण' का निर्दयी कोड़ा।
क्या तुम्हें पता है?
उसी की उँगलियों में वह शक्ति छिपी है
जो मिट्टी से देवता गढ़ सकती है।

वह बच्चा,
जो गणित के सवालों में उलझता है,
रात को छत पर बैठकर
तारों की गिनती करता है,
और आकाशगंगा के लिए
नई कविताएँ लिखता है।

हे शिक्षक!
हे अभिभावक!
हे समाज!
मत बाँधो इन नन्हीं उड़ानों को
अंकों की बेड़ियों से।
ये अंक तय नहीं करेंगे
उनकी आँखों में चमकते सपनों का क्षितिज।

इसलिए—
जब भी कोई बच्चा
बस्ते और अंकों के बोझ से
सिसकता दिखाई दे,
उसके सामने खोल दो एक आकाश
दिखाओ उसे परिंदों की उड़ान,
जिनके पंखों पर
न अंक लिखे हैं,
न श्रेणियाँ

वहाँ केवल उड़ान है—
आजादी है—
अनंतता है—
और वहां है–
संभावना का सबसे सुंदर रूप।

मुक्ति का आलोक

प्रेम —
न अधिकार है,
न आग्रह,
बस
मुक्ति का
एक मौन आलोक।

कागज पर चंद्रकिरणें

किताबें —
सिर्फ़ पढ़ी नहीं जातीं,
कभी–कभी चुपचाप
महसूस की जाती हैं
जैसे किसी बंद खिड़की से
धूप का एक कोमल रेशा
अंदर आ जाए
और बिना कुछ कहे
मन की धूल झाड़ दे।

किताबें बोलती नहीं —
पर जब कोई पंक्ति
हृदय की थकान छूती है,
तो लगता है —
जैसे कोई भूली हुई ऊष्मा
फिर से हथेली में उतर आई हो।

किताबें कभी प्रश्न पैदा करती हैं,
कभी उत्तर की संभावना,
और कभी एक जरूरी भरोसा
जो किसी पृष्ठ के अंतिम वाक्य से
उतर आता है हमारे भीतर।

किताबें —
हमें सिखाती हैं
कि सबसे मूल्यवान खोज
उत्तरों की नहीं,
अपने भीतर लौटने की होती है।

किताबें —
हमारी मृत्यु के बाद भी
हमारे बच्चों की उँगलियों में
सपनों की तरह पलटती हैं,
और इस संसार को बताती हैं —
कि मनुष्य केवल सांसों में नहीं,
शब्दों की रोशनी में भी जीवित रहता है।

नियति

मैं भागा —
वर्षों,
धूप की आँख में आँख डाल
एक नाम के पीछे।

कुछ नहीं मिला।
फिर —
जब थमा था
और मन
अपेक्षाओं की तह से
निकल आया,

तभी
एक अजनबी क्षण ने
हाथ थाम लिया।

नियति..
कभी कभी
हमारी दौड़ नहीं,
हमारे रुकने की भाषा समझती है।

ख्वाहिशें जीवन से लंबी हैं

अभी करनी हैं कई यात्राएँ,
पढ़नी हैं अनगिनत किताबें,
मिलना है उन लोगों से,
जिनसे मिलकर लगे —
कि मैं ही अकेला नहीं हूँ
और भी बेतरतीब लोग हैं
मेरी तरह इस दुनिया में।

मेरे पास
ख्वाहिशों की एक पोटली है
मुझे हर सुबह उसमें से
एक सपना चुनना है—
और छोड़ देना है उसे
आँखों के आकाश में
ताकि वह
किसी तारे की तरह चमककर
रातों को भी अर्थ दे सके।

बातें करनी हैं उन लोगों से
जिन्होंने सिर्फ मोहब्बत की —
बिना शर्त, बिना वजह।

मुझे दौड़ना है—
तितलियों के पीछे
बिलकुल उस बच्चे की तरह
जिसे दुनिया ने अभी तक
हार का मतलब नहीं समझाया
और जिसकी हँसी अब भी
आकाश से बड़ी है।

मुझे प्रेम लौटाना है
उन सबको
जिनसे कभी
एक मुस्कान उधार ली थी
और मिलना है उनसे भी
जिन्होंने मुझसे नफ़रत की —
ताकि उन्हें बता सकूँ —
"मैं नफरत नहीं कर सका उनसे
बस वे मेरे प्रेम से वंचित रह गए।"

कितनी इच्छाएँ हैं अब भी—
कितनी राहें अनछुईं,
कितने हाथ अनछुए
और जो करना है—
उसके लिए
सिर्फ एक जीवन
कितना कम लगता है!

अहमदाबाद प्लेन हादसा

वे हवा में थे—
बस कुछ पल पहले
हँसते हुए,
फ़ोन पर किसी को
"जल्द मिलते हैं" कहते हुए।

किसी की जेब में टिकट था,
जिस पर "घर वापसी" लिखा था।
किसी की आँखों में वह चेहरा था,
जिसे बस छू लेना बाक़ी था।

फिर अचानक—
आसमान में
एक जलती हुई आकृति
टूटते तारे-सी काँप उठी।
एक विस्फोट हुआ,
और धुएँ का काला, भयावह गुब्बार
धीरे-धीरे भरने लगा
पूरे आकाश की साँसों में।

उन क्षणों में—
किसी ने सीट थामी

किसी ने साथी का हाथ पकड़ा
और किसी ने माँ को पुकारा
एक टूटती साँस के बीच।

और उस अंतिम पल में
सबने समझ लिया
कि अब लौटना नहीं हो पाएगा,
अब कोई स्टेशन
या घर की ओर जानेवाला
अगला मोड़ नहीं आएगा।

कुछ ही पलों में सब कुछ
धीरे-धीरे धुँधला गया—
हवा चीखों से भरकर
एकदम खामोश हो गई,
और आसमान
मानो राख ओढ़कर
थम-सा गया।

वे अब कभी नहीं लौटेंगे।
उनके साथ ही
कुछ घर अब हमेशा अधूरे रहेंगे।
कुछ दरवाज़े
अब कभी नहीं खटखटाए जाएँगे।
कुछ नाम
सिर्फ़ तस्वीरों में टिके रहेंगे—
दीवारों पर,
या किसी पुराने एल्बम में।

दादी, परियां और नींद

एक समय था —
जब दादी की उँगलियाँ
चूल्हे की लौ में
केवल रोटियाँ नहीं,
कहानियाँ भी सेंकती थीं।

धुएँ की लहरों में
उड़ती थीं परियाँ,
आटे की महक में
छुपा होता था कोई जादू
हर फूली रोटी की परत में
जंगल का कोई रहस्य खुल जाता—
जहाँ कोई बच्चा
पेड़ों से बात करता,
चिड़ियों से गीत सीखता,
और थककर
रात की गोद में
तारों की चादर तानकर
सपनों में खो जाता।

दादी के चेहरे की झुर्रियों में
छिपे रहते थे

अनगिनत किस्से—
जो उनके होंठों से
दुआ बनकर निकलते
और पूरे घर को
एक उजली कल्पना में बाँध देते।

पर अब न चूल्हा रहा,
न वह धुआँ,
न ही परियों की पगध्वनि।
आँगन में
जहाँ राख की गंध
कभी परिवार को जोड़ती थी,
अब वहां एक बड़ी स्क्रीन लग गई है
जिसकी गर्म रोशनी
लोरियों को निगल गई है।

तकिए के नीचे
अब सपनों की गठरी नहीं,
एक मशीन रखी है,
जिसका 'साइलेंट मोड'
बिना कोई कथा कहे
नींद को बहला देता है।

और हम—
जो कभी दादी की कहानियों में
अपना भविष्य देखते थे,
आज उन्हीं कहानियों को
सिर्फ़ स्मृति की राख में
टटोलते हैं।

सिर्फ जीने के लिए

आज की रात
मैंने जीवन से कहा —
"ठहरो!
मुझे कहीं नहीं पहुँचना है
बस यहीं,
अपने ही हृदय की सीढ़ियों पर बैठना है।"

घड़ी की आवाज़
मैंने समय की नदी में फेंक दी—
वह डूब गई
जैसे कोई पुराना पत्थर
जल के अँधेरे में समा जाता है।

तकिये के नीचे अब
कोई टिक-टिक नहीं,
सिर्फ़ एक गहरा मौन है
जो आकाश से टूटते तारे-सा
धीरे-धीरे झरता है
मेरे भीतर।

मैं चाहता हूँ
कल की सुबह यदि लौटे,

तो वह किसी अनजान बग़ीचे से
फूल लेकर आए,
उसकी हथेली में
ओस की नमी हो,
और उसकी आँखों में
कोई आदेश नहीं,
सिर्फ़ उत्सव हो।

क्योंकि जीवन
सिर्फ़ श्रम की कठोर थकान नहीं,
वह कभी-कभी
बांसुरी की वह धीमी तान है
जो हमें सिखाती है—
बिना किसी मंज़िल के भी
चलते रहना ही
पूर्ण होना है।

अनकहा सच

कुछ सत्य
न नाम चाहते हैं,
न रूप —
वे बस टिके रहते हैं
हमारी चुप्पियों के बीच
जैसे किसी टूटे दीपक की बाती में
अब भी बची हो
थोड़ी-सी आग।

शब्द आते हैं,
फिर खो जाते हैं
अपने ही अर्थों के जंगल में।
पर जो नहीं कहा गया —
वही
अब तक मेरे भीतर
एक सूखे पत्ते-सा कांपता है,
हर बार जब कोई स्मृति
हवा बनकर लौटती है।

और मैं जानता हूँ —
सबसे गहरे सत्य
कभी बोले नहीं जाते,
वे बस जी लिए जाते हैं ।

लोगों का डर

लोग —
जिनसे डरते हैं हम,
हर मोड़ पर,
हर निर्णय की संधि-रेखा पर।

वे लोग —
जिनकी आँखों में हम
कभी सीधे झाँक न सके,
जिनके हाथों की ऊष्मा
हमने कभी महसूस न की,
पर जिनकी अदृश्य उँगलियाँ
हमारी आत्मा की सतह को
हर क्षण कुरेदती रहती हैं।

कौन हैं ये 'लोग'?
हर क़दम से पहले
पीछे मुड़ती है सावधान दृष्टि —
कोई देख तो नहीं रहा?
हर विचार से पहले
उगता है एक मौन संशय —
लोग क्या कहेंगे?

हमने 'लोगों' के नाम पर
प्रेम को बाँध दिया,
प्रश्नों को निगल लिया,

इच्छाओं को अपराध बना दिया,
उदासी को पी लिया,
और अनजान देवताओं के आगे
झुका दिया अपना सिर।

और फिर एक दिन
जब स्वयं से पूछा —
"आख़िर मैं किससे डरता हूँ?"
तो भीतर से आई
एक थकी हुई आवाज़ —
"पता नहीं...
पर वे 'लोग'
यहीं, बहुत पास हैं।"

इतने पास
कि उनका होना
एक नामहीन डर बनकर
हर निर्णय से पहले
मेरी साँसों में उतर आता है।

और तब धीरे-धीरे
यह सच सामने आया —
कि 'लोग'
कोई भीड़ नहीं,
न कोई सत्ता
बल्कि वह
विरासत में मिला
एक गहरा डर है
जिसे हमने वर्षों से
अपने मन में
देवता की तरह बैठा रखा है।

मनुष्यता एक पुरानी आदत

जैसे-जैसे हम चढ़ते हैं
चट्टानों की साँसों में लिपटी
ऊँचाइयों की ओर—
पीछे छूटते जाते हैं
साधन, शोर, अपेक्षाएँ।

और जीवन—
एक पतली लकीर की तरह
चुपचाप उतरता जाता है
धरती की त्वचा पर।

वहाँ के लोग
जो कंधों पर भार लिए चलते हैं,
पर उनके चेहरों पर थकान नहीं होती—
वे ऐसे चलते हैं
जैसे चलना ही
जीवित रहना हो।

उंचाई पर बसे लोग
एक अजनबी को देख
चुपचाप जगह दे देते हैं—
जैसे धूप
चुपचाप फैलती है किसी पत्थर पर।

न वहाँ ताले हैं,
न बेमतलब की दस्तकें
वहां घरों के दरवाज़े खुले रहते हैं—
जैसे भरोसा
कोई बहुत पुरानी आदत हो।

शहर में सब कुछ है—
भीड़, साधन, आवाज़ें,
लगातार चलती बातचीत
पर संबंध नहीं
लोग पास रहते हैं,
पर एक–दूसरे के भीतर नहीं उतर पाते
जैसे कोई बेजान स्पर्श
जो सिर्फ़ त्वचा तक सीमित रह जाए।

वहाँ ऊँचाई पर—
जहाँ हवा पतली है
और जीवन कठिन
लेकिन वहां मनुष्यता
अब भी सहज है–
मौन, किंतु पूर्ण।

जैसे देखो, वैसा जीवन

ऊँचाई से देखा तो
घर, लोग, सड़कें
सब बिंदु हो गए।

रफ्तार में चला तो
वृक्ष पीछे खिसकते गए,
चेहरे धुंध में घुल गए
हर क्षण,
एक झोंके की तरह
बस छूकर निकल गया।

सच तो यह है कि
हम जिस बिंदु से देखते हैं,
वहीं से जन्म लेता है आकार
वहीं से अर्थ गढ़ता है जीवन।

और जीवन,
सिर्फ़ एक दृश्य नहीं,
दृष्टि का विस्तार है;
तुम जिस तरह देखो,
वह उसी रूप में ढलकर
तुम्हारे सामने खड़ा हो जाता है।

कटोरी में बची गंध

बहुत बाद में जाना —
कि अमीरी
हमेशा वस्त्र, व्यंजन, विलास नहीं होती।
कभी वह
एक टूटी कटोरी में रखे
ठंडे चावल की
गंध हो सकती है —
जो माँ ने
मेरे हिस्से में रखते हुए
चुपचाप अपनी भूख छोड़ दी थी।

कृतज्ञता —
कोई सहज स्वाभाव नहीं,
एक साधना है —
जैसे नींद
बिस्तर की कोमलता से नहीं,
थकान की अन्तिम स्वीकृति पर
उतरती है निःशब्द।

बहुधा —
जो नहीं है,
वही सबसे तीव्र होकर

स्मृति में उपस्थित रहता है।
और जो बीत गया,
वह नहीं गया —
वह कहीं भीतर
अब भी थमा हुआ है —
एक शांत प्रतिध्वनि की तरह

और
जो चला जाता है —
वही
कभी-कभी
हमारे भीतर बचा रह जाता है —
जैसे
चावल के बाद
बर्तन में
बची रह जाती है
थोड़ी-सी गंध...

अंतिम विजय

राजाओं का वैभव
जैसे बालुका की मृग-मरीचिका —
चमकती है क्षण भर,
फिर खो जाती है
स्मृति की रेखा में धूल बनकर।

पर जो चलता है —
नि:स्वार्थ, निर्विकार,
हृदय में करुणा के दीप लिए —
उसके चरणों में झुक जाते हैं
साम्राज्य, अस्त्र और अभिमान,
जैसे वसंत के आगे
झरते हों पतझड़ के पत्ते।

वह शांति —
जिसे छुआ नहीं जा सकता,
पर जो गाती है
हर जीव के अन्त:करण में —
बांसुरी की उस मीठी तान की तरह
जो साँझ की नीलिमा में
आकाश से उतरती है —
और चुपके से
थकी आत्माओं को सहला जाती है।

वही हैं बुद्ध —
वाणी से परे,
प्रेम की भाषा में संपूर्ण,
जिनकी दृष्टि
क्रोध को भी करुणा में ढाल देती है,
और जिनके मौन में
जाग उठती है एक पूरी सदी।

ओ जीवन!
तेरा अंतिम सत्य
न रण में है,
न राज्य में —
तेरा संगीत शांति है,
तेरा प्रकाश करुणा —
और वही है...
अंतिम विजय।

मुक्ति का बंधन

तुमसे प्रेम करना —
शायद प्रेम नहीं था,
एक आत्मस्वीकृति थी —
कि मैं अधूरा हूँ,
और इस अपूर्णता को
एक ऊँचाई देकर
मैं तुम्हें पुकारता रहा।

तुम नहीं आईं।
पर मैं फिर भी प्रतीक्षा करता रहा —
जैसे कोई दीपक
किसी आहट की दिशा में काँपता है।
शायद मैं तुमसे नहीं,
मैं उस अनदेखी पुकार से बँधा था
जो हर बार तुम्हारा नाम लेकर
मेरे भीतर उग आती थी।

अब —
जब तुम नहीं हो,
और मैं मुक्त हूँ,
तो क्यों यह स्वतंत्रता
एक शून्य की तरह गूँजती है

जिसमें मेरी ही आवाज़
मुझे अपरिचित लगती है!

मैं आज़ाद हूँ,
पर उस बंधन में अधिक जीवित था —
जहाँ तुम नहीं थीं,
पर तुम्हारे लौटने की
धीमी प्रतीक्षा सुलगती थी।

विलंबित पूर्णता

वह कुछ कहे बिना चली गई —
जैसे कोई छाया
दीवार से धीरे-से फिसल जाए
सूरज डूबने की अंतिम क्षणिका में।

मैंने उसे नहीं रोका —
क्योंकि शब्द जब
अपना ताप खो देते हैं,
तो मौन
कभी-कभी एक तीखी सुई बन
मन की राख में
बचे हुए अलाव को टटोलता है।

कुछ बिछोह
अधूरे नहीं होते —
वे बस ठहर गए पृष्ठ होते हैं
जिन्हें कोई हवा
फिर कभी पलट सकती है।
वे पूर्णताएँ हैं —
जैसे वसंत की प्रतीक्षा में
सोई हुई कोई कली,
जो समय के कोमल स्पर्श से

मुस्कुरा उठती है
एक मधुर विस्मय बनकर।

शायद वह लौटे —
जैसे पतझड़ में गिरी कोई पत्ती
मिट्टी में अपने स्वर को
धीरे-से मिला देती है
और वसंत में
उसी मिट्टी से
फूट पड़ता है एक कोमल अंकुर
जीवन की ओर बढ़ता हुआ।

बड़े भैया

बड़े भैया —
किसी पुराने वटवृक्ष की छाँव जैसे हैं
जो कुछ नहीं कहते,
पर हर दोपहर की तपिश
अपने भीतर चुपचाप सोख लेते हैं।

जब भी कोई सपना
मेरे भीतर आकार लेने लगता है
वे मेरे मेरे पीछे एक मजबूत दीवार
बनकर खड़े हो जाते हैं।

मेरे हर भय के सम्मुख
उनका मौन
ढाल बनकर खड़ा रहता है।

मैं गिरता हूँ —
कई बार, कई तरह से,
पर हर बार उनकी
अदृश्य हथेली
मुझे उठा लेती है
और धीमे से कहती है—
"चलते रहो, मैं साथ हूँ।"

वे कभी नहीं कहते —
"मैं चिंतित हूँ",
लेकिन जब भी मैं चुप होता हूँ
सबसे पहले वह
मेरी आँखों की भाषा पढ़ लेते हैं।

बड़े भैया —
कविताएँ नहीं लिखते,
पर उनका होना ही
मेरे जीवन की
सबसे कोमल कविता है ।

जाना, जैसे रह जाना

मैं आया —
जैसे आता है कोई स्वर
एक निर्वाक् दोपहर में,
जहाँ कोई प्रतीक्षा नहीं थी,
फिर भी सब कुछ
मेरे आने को जानता था।

मैं ठहरा —
जैसे ठहरता है क्षण
किसी मौन के कगार पर,
जब शब्द
अपने ही भीतर लौटते हैं
कुछ कहने से पहले।

मैं जाऊँगा —
मेरा यह जाना
कोई अस्वीकार नहीं,
बल्कि एक झुकाव होगा
उस अपरिचित में
जहाँ मैं
केवल अपनी गंध छोड़ जाऊँ —
किसी स्मृति की तरह।

और जाते–जाते मैं चाहूंगा कि
यह दुनिया
मेरे न होने के बाद भी
कुछ यूँ बनी रहे
जैसे फूल झड़ने के बाद भी
उस डाल पर
थोड़ी देर उसकी महक ठहरती है।

जब मैं चला जाऊंगा

जब मैं चला जाऊँगा
तो घर की खिड़कियों में
मेरी साँसों का धुंधला धुआँ रह जाएगा —
दीवार की दरारों में
मेरी कोई चाह
अटकी रह जाएगी।

तुम बस याद करना
वे शामें
जब
हमारे बीच का मौन
एक पेड़ की तरह हिलता रहा ।

मेरे जाने के बाद
मेरा पुराना मफलर
शायद गिर पड़ेगा अलमारी से,
अचानक।
हर सुबह, गर्म चाय की प्याली
कुछ देर मेरी उँगलियों को खोजेगी।

मैं रहूँगा —
तुम्हारे कदमों की धीमी आहट में,

गमले की भीगी मिट्टी में,
किसी किताब के पन्ने पलटने की आवाज में,
जहाँ मेरी लिखावट
अब भी काँपते हुए
तुम्हें पुकारेगी।

तुम रोना मत।
कहना —
"वह गया नहीं,
यहाँ की हवा में घुला है कहीं।"

तब तुम जानोगी —
कि मैं गया नहीं हूँ
क्योंकि
प्रेम की स्मृतियाँ
जीवन के सबसे सच्चे पते पर
हमेशा मिलती रहेंगी।

www.ingramcontent.com/pod-product-compliance
Lightning Source LLC
Chambersburg PA
CBHW031345230926
51848CB00002B/391